江户川乱步全集·明智小五郎系列

两分铜币

〔日〕江户川乱步　著

叶荣鼎　译

山东画报出版社

图书在版编目（CIP）数据

两分铜币 /（日）江户川乱步著；叶荣鼎译. --济南：山东画报出版社，2022.3（2024.4重印）
（江户川乱步全集·明智小五郎系列）
ISBN 978-7-5474-3950-0

Ⅰ.①两… Ⅱ.①江… ②叶… Ⅲ.①儿童小说－侦探小说－日本－现代 Ⅳ.①I313.84

中国版本图书馆CIP数据核字（2021）第134772号

LIANGFEN TONGBI

两分铜币
〔日〕江户川乱步 著　叶荣鼎 译

责任编辑　怀志霄
封面设计　光合时代

主管单位　山东出版传媒股份有限公司
出版发行　山东画报出版社
　　社　　址　济南市市中区舜耕路517号　邮编 250003
　　电　　话　总编室（0531）82098472
　　　　　　　市场部（0531）82098479　82098476（传真）
　　网　　址　http://www.hbcbs.com.cn
　　电子信箱　hbcb@sdpress.com.cn
印　　刷　山东新华印务有限公司
规　　格　787毫米×1092毫米　1/32
　　　　　7.625印张　109千字
版　　次　2022年3月第1版
印　　次　2024年4月第2次印刷
书　　号　ISBN 978-7-5474-3950-0
定　　价　40.00元

如有印装质量问题，请与出版社总编室联系更换。

译者序

红极一时的日本动漫《名侦探柯南》的作者漫画家青山刚昌，孩提时代曾是江户川乱步的超级追星族，他笔下的主人公江户川柯南的姓就取自日本推理文学鼻祖江户川乱步，名则取自英国的柯南·道尔。

日本作家历来都有用笔名的传统，江户川乱步本名平井太郎，早年就读于早稻田大学经济学专业，江户川就在早稻田大学旁边。巧合的是，"江户川"的日式英语发音"edogawa（爱多嘎娃）"，与"Edgar a-（埃德加·爱）"的发音极其相似；

"乱步"的日式英语发音"ranpo（兰波）"，与"llan Poe（伦·坡）"的发音又十分相近，故而决定以"江户川乱步"为笔名。从此，这个名字陪他度过了四十年推理文学创作生涯，也成为日本推理文学史上不可逾越的高峰。

1923年，乱步在《新青年》杂志上发表处女作《两分铜币》，引发轰动。当时的编者按这样写道："我们经常这样说，《新青年》杂志上总有一天将刊登本国作者创作的侦探小说，并且远远高于欧美侦探小说的创作水平。今天，我们终于盼来了这一兴奋时刻。《两分铜币》果然不负众望，博采外国作品之长，水平遥遥领先于外国名作。我们深信，广大读者看了这篇小说后一定会深以为然，拍案叫绝。作者是谁？是首位登上日本侦探文坛的江户川乱步。"

1925年，乱步发表小说《D坂杀人事件》，成功塑造了日本推理文学史上的第一位名侦探——明智小五郎。其后，他又陆续创作了《怪盗二十面相》《少年侦探团》等脍炙人口的作品，其中的"怪盗二十面相""少年侦探团"等角色已经突破了类型文学的束缚，成为世界文学史上的典型形象，先后多次被搬上各种舞台，改编成各种各样的影视、动漫作品。

第二次世界大战爆发后，江户川乱步因作品被禁止出版，投笔抗议，公开发表《作者的话》："我撰写的小说主要是把侦探、推理、探险、幻想和魔术结合在一起，让读者富有想象力和创造力。人类必须怀有伟大的梦想，经过不断的努力，才会创造出伟大的时代。没有梦想，没有幻想，就没有科学。历史已经证明，科学的进步多取决于天才的幻想和不懈努力。科学进步了，人民才会过上好日子。可是今天的战争，毁掉了科学，毁掉了人民的梦想，日本人民将会被一个不剩地当作炮灰，却还是避免不了失败的结局。"

1947年，日本侦探作家俱乐部成立，乱步被推举为主席。俱乐部在1963年改组为日本推理作家协会，至今仍是日本最权威的推理作家机构。1954年，乱步在六十大寿之际，个人出资100万日元，设立"江户川乱步奖"，用以激励年轻作家。在之后的半个多世纪里，以东野圭吾为代表的一大批优秀的日本推理文学作家通过这个奖项脱颖而出，他们的成绩也使得"江户川乱步奖"成为日本推理文坛最权威的大奖。

1961年，为表彰乱步在推理文学界的杰出贡献，日本政府为其颁发"紫绶褒勋章"（授予学术、艺术、运动领域中贡献卓著的人）。1965年，乱步突发脑出血去世，获赠正五位勋三等瑞宝章。为纪念乱步，名张市建有"江户川乱步纪念碑"与"江户川乱步纪念馆"，丰岛区设有"江户川乱步文学馆"，供日本与世界的爱好者与学者瞻仰和研究。

《江户川乱步全集》作为乱步作品之集大成者，先后出版了多个版本，加印数十次，总印数超过一亿册，迄今已有英、法、德、俄、中五大语种版本问世。衷心希望诸位读者能够通过这一版的中文译本，回望日本推理文学的滥觞，领略一代文学大家的风采。

是为序。

2021年元旦于上海虹桥东华美寓所

目　录

两分铜币

上

　　这故事，发生在大侦探明智小五郎的学生时代。

　　当时，明智小五郎和好友松村武合租在大学附近的一家小旅馆里。两个人是同一所大学的同班同学，都热衷于推理与冒险。平日里，只要有空，两个人就凑在一起，谈论侦探推理小说里高超的犯罪和破案手法，感叹作者超乎寻常的想象力。每逢社会上发生特大犯罪案件时，两个人更是在房间里闭门不出，苦思冥想，如痴如醉地推理，潜心揣摩侦破方案。

　　还在大学读书期间，明智小五郎就以头脑特别聪明、思路异常敏捷闻名于全校。同窗好友松村武也毫不逊色，两人都是大学里小有名气的人物。

两个人只要一进入侦探推理的角色，便争论不休，互不相让，都极力强调自己推理的正确性，讨论一结束又立马重归于好。

"瞧，明智君，报上刊登着一条号外新闻，说什么'悬赏金五千日元'。好大一笔巨款！"

一天，松村武阅读某日报时，突然发现第一版上刊登着这条振奋人心的消息，顿时喜不自禁，跃跃欲试。

"这消息真不赖，我也想试试。可既然悬赏金有这么多，案子自然非同一般。何况罪犯藏起来的是五万日元巨款，要找到它，恐怕没那么容易。"明智给好友泼起了冷水。

"我的看法正好与你相反。无论罪犯多么狡猾，我们都不会输给他。我相信只要我们倾尽全力，一定能找到这笔巨款！"

"不行不行，警方为找这笔巨款出动了大量警力，可结果呢，还不是一无所获。"

"被你这么一说，我更想试试了。"

"那你去试吧，不过我劝你还是不要抱太大希望。"

明智的态度并不积极，但绝非对此毫无兴趣。事实上，他与松村武一样，也已经跃跃欲试了。

日报上的报道是这样的。

这起特大盗窃案，发生在东京都港区的一家大型电机工厂里。案发那天，适逢该厂发工资。十多名工资计算员正忙得不可开交，他们要根据近一万张考勤卡上记录的出勤时间，算出每个工人的当月工资，再把相应数量的纸币和硬币分别装入堆积如山的工资袋里。就在这时候，办公大楼门口来了一位绅士。他径直走到接待室，向接待小姐递上自己的名片："这是我的名片。我想采访贵厂，请允许我拜见贵厂的厂长。"

名片上，印有A报社社会部采访科新闻记者的头衔。

A报是日本家喻户晓的大报，很快，这位记者被请进了厂长办公室。

他戴着玳瑁粗框眼镜，蓄着整齐的小胡子，一身时髦的黑色套装，夹着一个款式新颖的高档皮包，举止老练沉稳，给人一种资深记者的感觉。

他不慌不忙地坐到厂长对面的椅子上，从包里取出非常精制的烟盒，抽出一支埃及进口的烟叼在嘴上，点燃后深吸一口，将一串蓝色烟圈吹向厂长的鼻尖。

"本报新增工业版块，打算连续报道贵厂近几年来突飞猛进的情况。今天特来采访，请多多关照。"记者说着，取出钢笔和笔记本摆开了准备采访的架势。

一听说A报要连续报道自己苦心经营的工厂，厂长受宠若惊，神采飞扬。这样的好事，打着灯笼也找不来，不但可以扩大工厂的知名度，还可以节省大笔的广告费，更重要的是，可以拓宽产品的销售渠道。厂长想到这里激动不已，连声道谢。

采访进行到一半的时候，这位记者趁厂长谈话的间隙站起身来，说了声"抱歉，失陪一下，我要去一趟卫生间"，竟然就此消失无踪。

厂长只觉得这记者实在很没有礼貌，倒也没放在心上——可能有什么突发的新闻吧。

这时候，墙上的挂钟已经指向了中午十一点半，厂长走出办公室到附近餐馆用餐。刚吃几口，只见财务科长脸色铁青，气喘吁吁地跑进餐馆，上气不接下气地说："厂……厂长，出……出事了！准备发……发给大伙儿的工资，不翼而……而飞了！不知被……被谁盗……盗走了。"

"你说什么？"厂长闻言大惊，再也顾不得什么午饭，连忙跑回了工厂。

那天，正值办公大楼装修，财务科长临时决定，把计算工资的地点改在厂长办公室隔壁的会客室里。钱箱、工资袋和考勤卡等，都集中在这里。不知道为什么，午餐时间，会客室空无一人，而且门也是敞开的。工资计算员们都以为财务科长已经布置了值班，先后离开会客室，到附近餐馆吃饭去了。于是，那只装得满满的钱箱被孤零零地留在大门敞开的会客室里，罪犯趁机盗走了里面的巨款，尔后逃之夭夭。幸好罪犯只是拿走了钱箱里剩余的钞票，已经装进工资袋里的钱分文未动，但即便如此，失窃金额依然高达五万日元。

全厂工资不翼而飞的消息很快不胫而走，对所有有可能接触巨款的人员（包括十多位工资计算员）逐一排查后，嫌疑指向了那个午饭前采访厂长的记者。

保卫科长赶紧拿起电话与A报联系，对方却回答说"报社根本没有这样一个人"。于是，厂方连忙打电话报警。当地警署接到工厂报警后，警官们迅速驱车赶来。警方也认为，那个绅士记者就是盗窃巨款的犯罪嫌疑人。

综观整个案情，作案手法十分巧妙。绅士记者在作案之前，对进出工厂的最佳路线以及办公大楼正在装修等情况进行过周密调查，了如指掌。这是一起有预谋、有计划的盗窃案，现场没有留下任何线索。

"请描述一下犯罪嫌疑人的特征、长相。"警官对厂长说。

可厂长提供的线索，对警官们破案起不了丝毫作用。衣服随时都可以换掉，玳瑁眼镜和胡子更是化装的常用道具。

警官们走访了附近的居民、厂家和商店，询问中午时分是否看到过如此特征的男子，都回答说"没有"。

一天，两天，三天过去了。

警方向全国各地发出通缉令，并到处张贴犯罪嫌疑人的画像，请求各地警方协查，尽快将犯罪嫌疑人捉拿归案。整整一个星期过去了，还是没有任何消息。来自厂方的电话每天不断，催问案情的进展，警署署长因而苦恼至极，日渐焦虑。

专案组里，警官们一个个无精打采，死气沉沉，唯独资深警官田中马不停蹄，不厌其烦地走访东京都内的各个烟店。

"FIGARO……FIGARO……FIGARO。"

田中警官不停念叨着埃及进口香烟的名称。那天在现场调查取证时，他从厂长办公室的烟灰缸里发现了这支埃及进口香烟的烟头。

在日本，抽埃及进口香烟的烟民很少，东京都内出售进口香烟的商店更是屈指可数。从这个并不常见的烟头顺藤摸瓜，说不定能找到犯罪嫌疑人。

田中警官每天不辞辛劳，在东京都内的大街小巷逐一走访进口香烟专卖商店，打听最近是否出售过这种埃及进口的FIGARO香烟。然而遗憾的是，这些商店最近都没有出售过埃及进口的FIGARO香烟。只剩牛込和四谷一带了，如果还是一无所获的话，这唯一的线索也不得不放弃了。

田中警官不时在派出所前停步，向当地警官打听香烟店的具体位置。他打听到神乐坂附近有一家进口香烟的专卖店，于是坐上公交车到饭田桥车站，下车后步行朝神乐坂走去。经过一家旅馆门前的时候，幸运之神奇迹般地降临在了他的头上。

"咦，那是……"

田中警官惊叫起来。原来，旅馆门口的大理石台阶上静静地躺着一只烟头。那不是一般的烟头，而是他心心念念的埃及FIGARO香烟的烟头！他喜出望外，激动得差点扑上去，立即走进旅馆出示证件，在店主的配合下，对每一位住客展开调查。很快，那个蒙混在住客中的绅士记者原形毕露，束手就擒。经过搜查，玳瑁眼镜和假胡子等证据也在其租住房间的取暖火盆底下找到了。唯一的遗憾是，那笔被盗走的五万日元巨款依然下落不明。

罪犯一口咬定"五万日元已经挥霍一空"，任凭警方连番审讯，就是不肯松口。警方详细盘查了罪犯的亲戚朋友，并对他可能到过的地方进行了地毯式的搜索。可这一次，幸运之神再也没有出现。

绅士记者因不肯交出巨款，量刑从重，被判入狱二十年。这起特大盗窃案以罪犯入狱宣告终结。警方以此为由，撤销了专案组。

只是对工厂来说，如果只能二选一的话，他们宁愿找回巨款，而不是抓获盗贼。厂长心急如焚，如坐针毡。他暗自思忖：警方靠不住，只有靠自己了。重赏之下必有勇夫！他索性在各大报刊上刊登悬赏广告，宣称不管是谁，只要能找回那笔巨款，就可以得到其中的一成，也就是五千日元，作为报酬。

明智和松村武说的，就是这起案件。

中

一天下午，明智从附近澡堂洗澡回来，红扑扑的脸上挂满了汗珠，他一边用手巾擦汗，一边对独自一人留在房间里的松村武说："啊，洗得太舒服了，就像春天来临的感觉。"

"嗯。"松村武心不在焉。

突然，他转过脸来，带着一脸莫名的亢奋对明智说："这枚两分钱的铜币，是你放在桌上的吧？"

说到两分钱的铜币，如今早就见不到了。可当时，它却是主要的流通货币之一，比现在的十日元硬币大一圈，比现在的百元硬币厚一倍。

"嗯，是我的，怎么了？"

"这是哪家商店找给你的？"

"刚才我去买烟的时候，烟店店主找给我的零头。"

"哪家烟店？"

"就是拉面店隔壁那家。你忘了，店主不就是那个老太太吗？"

"哦，原来是那家烟店。"

不知何故，松村武皱起眉头苦苦思索起来。

片刻之后，他又问明智："你买烟的时候，旁边还有别的顾客吗？"

"好像……我想起来了，旁边确实没有其他人在。当时，老太太正在打瞌睡。"

听明智这么一说，松村武好像放心了。

"那烟店里，除了那个老太太，还有其他营业员吗？长得什么模样？你能回忆起来吗？"

"除了那个老太太，还有她的老伴。喂，你问这些干什么？究竟怎么了？"

"其实也没什么，只是随便聊聊。有关那家香烟店，你还知道些什么？"

"嗯……那一对老伴膝下只有一个女儿。前不久我去买烟，听老太太说，她那独生女儿与监狱里的看守很熟悉，还在监狱附近开了一家杂货店。不管犯人与家属或者社会上的朋友之间相互传递什么，只要东西到她手里，大致可以准确无误地送到。据说干这种行当的商店大部分都开在监狱附近。"

"真的？原来她女儿干那种买卖？"

松村武猛地站起身来，在房间里来来回回地踱起了步，就像刚关进动物园的一头困兽。明智瞪大两眼直愣愣地望着松村武那奇怪的模样，感到有点不可思议。

太阳很快就要下山了，是吃晚饭的时候了。明智由于洗过澡，更是饿得肚子"咕咕"直叫。

"喂，松村君，一起去吃晚饭吧？"

可松村武充耳不闻，依然来来回回地踱着步。终于，他不耐烦地朝明智挥挥手说："对不起，你一个人去吧。"

饱餐一顿之后，明智推开房门，又发现一件咄咄怪事。从不喜欢按摩的松村武正躺在床上，享受按摩师的娴熟手法。

"怎么，是肩膀还是什么部位扭伤了？"明智问。

"没有那回事。你先别吭声，坐在一边等着就是了，到时候你就明白了。"

松村武的反常举动引起了明智的极大兴趣。他索性坐在桌前，一边看书一边不露声色地观察起来。

按摩结束后，按摩师收了钱离开了房间，松村武也坐到自己的桌前，聚精会神地盯着一张小纸片看。不一会儿，他又从怀里掏出另一张小纸片放在桌上，看得目不转睛。小纸片呈正方形，边长约五厘米，上面写满了密密麻麻的小字。松村武似乎在比对这两张纸片。随后，他又取出一张空白纸，用铅笔写了擦，擦了写，如此不断反复。不知不觉间已是夜深人静，可他依然全神贯注，浑然不觉。

明智见天色已暗，一声不吭地铺好床后钻进被窝里看杂志。突然，松村武转过脸问明智："喂，你那里有东京地图吗？"

"没有。你去问一下旅馆女店主，或许她那里有。"

"嗯，说得也是。"

松村武立即起身下楼。不一会儿，他借来一张破旧不堪、皱皱巴巴的地图，重新坐回桌前，全神贯注地研究起来。看松村武如此投入，明智越发好奇起来。

又过了很长时间，松村武终于从桌前起身，坐到明智身边，一副难以启齿的样子："请给我一点钱好吗？十日元就够了。"

两人同吃同住，所有的钱一向都由明智保管。无论谁用钱，都必须事先征求对方的同意。眼下，两人总共也只有二十日元了，松村武竟要拿走一半，肯定有什么非办不可的事。

明智连原因也没有问，答应得非常干脆。也许是因为他对松村武反常言行的浓厚兴趣使然吧。

"对不起，对不起，我也是万不得已，实在是不好意思！"

松村武接过钱后，立即一边道歉一边手忙脚乱地跑下楼去，只留下明智一人独自猜测他的行动和目的。就这么想着想着，明智迷迷糊糊地进入了梦乡，连松村武随后回到房间又干了些什么，然后再次外出，也全然没有察觉，直到第二天天大亮时才醒来。

　　明智一睁开眼睛就被惊呆了。床边立着一个高大的东西。他连揉几下眼睛，才看清是一个商人打扮的男人。只见他身穿条纹和服，腰扎男用腰带，还背着一个大包袱。

　　"干吗一脸受到惊吓的样子，是我啊。"

　　明智总算通过这声音辨别出站在床前的人正是松村武。由于他的穿着打扮完全变了样，一时之间还是觉得古怪莫名，根本想不明白他为什么要这么做。

　　"怎么回事，你怎么还背着包袱，那里面装的是什么？我还以为是哪家公司派来的上门推销员呢。"

　　"嘘——别这么大声。"松村武右手食指竖在唇边，"我带回来了不得了的东西！"

"什么？喂，我问你，这么早你是从哪里回来的？"明智好像完全被对方的反常举动感染了，也压低嗓门问道。

松村武极力压抑狡黠的贼笑，弯下腰附在明智的耳边，以细若蚊蝇的声音说道："这里面，可是装着五万日元的巨款呢。"

下

这笔巨款，警方耗费了巨大的人力物力，连影子都没找着，却被松村武装在包袱里带回来了。他究竟是怎么找到的呢？把这笔钱送回电机厂，就可以堂堂正正地领回百分之十的悬赏金五千日元。

"真了不起！我们马上就要有五千日元了！"明智竖起大拇指。

可松村武却诡秘地摇摇头："现在，我有一个新的想法。这五万日元，我不打算送到电机厂去。"

"什么，难道你想私吞这笔钱？"

"……暂时，我还没有最后决定。要说初步想法，就这个意思。"

"你是否想过这样做的后果？这样做岂不等于盗窃！一旦被人发现可是要进监狱的，我的老同学！"明智说完，呆呆地望着眼前这位与自己朝夕相处的老同学，不过一夜之间，他竟然变得如此陌生。

松村武开始讲述自己的理由："你想想看，警方找了一个多月也没有找到这笔巨款。眼下，这件事只有天知、地知、你知、我知。比起那五千日元的悬赏金，直接占有这五万日元岂不是更好？而且，那个大盗之所以守口如瓶，不交代藏钱的地方，是因为出狱后可以荣华富贵一辈子。为此，他宁可被重判，延长刑期。如果把这笔巨款送到电机厂，我的名字肯定会登上各大报纸，这不就等于告诉他，你的那笔钱是一个叫松村武的家伙拿走的。那样的话，他会放过我吗？"

听完松村武的辩解，明智没再表示反对："原来你是担心啊。这么看来，也许你这么做是对的。"

"你也赞同我的意见了吧，按照我刚才说的去做，就不会再有那种担心和烦恼了。"松村武见老同学被自己说服，越发滔滔不绝起来，"说实在的，比起这笔巨款，更让我高兴的，是一种胜利的快感。事实证明，比起那个天才的大盗和警方，我实在是技高一筹。怎么样，我俩的较量也该有个结果了吧？我果然还是比你聪明得多。"

明智和松村武年轻好胜，都夸耀自己的脑袋比对方聪明。尤其是松村武，满脑子想的就是要明智在自己面前输得心服口服。

"我实在不明白你说的是什么意思，能否具体地解释一下。"明智自始至终十分冷静。

"之前你说这五万日元肯定找不到，而我当时就觉得一定能找到。现在，我成功了。引导我找到这五万日元巨款的关键线索，就是昨天你放在桌上的那枚两分铜币。那枚铜币上有一个奇怪的地方，你没有察觉到吧，可我发现了。"

"知道了，知道了。先别忙着自夸，先说说你是怎么找到这笔钱的。"

"好吧，就当是为了满足你的好奇心吧。"

松村武得意扬扬。明智从被窝里探出上半身，看着他的笑脸洗耳恭听。

"昨天，你去澡堂后，我无意间看到桌上有一枚两分铜币，就随手拿了起来。突然发现那枚铜币的侧面有一条线。我觉得奇怪，就仔细检查了一番。就在我不住摆弄的时候，竟然发现那枚奇特的铜币是上下两面组合而成的。我试着转动了一下，铜币竟然像女人用的粉盒一样打开了。"说着，松村武从桌子抽屉里取出那枚铜币，演示给明智看，"你看，这是空心的，而且做工精巧，乍看之下与普通的铜币根本没什么两样。我曾听过犯人使用微型盘锯越狱的故事，是将怀表的发条做成锯齿状，然后再分别把两枚硬币磨薄，做成类似的容器，把微型盘锯藏在里面，托人带入监狱。只要有足够的时间和耐心，利用这种微型盘锯，无论牢房栅栏有多粗，总能锯断，然后逃之夭夭。于是我就想，会不会这也是这样的硬币，由于某种意外从歹徒那里流出来的？更使我感到惊奇的是，这硬币里夹着一张叠了又叠的小纸片。你看，就是我手里的这张。"

那正是昨晚松村武研究的小纸片。那张五厘米见方、薄如蝉翼的日本纸上，以极其细小的字体写着以下这段莫明奇妙的内容：

陀、无弥佛、南无弥陀、阿陀佛、弥、无阿弥陀、无陀、弥、无弥陀佛、无陀、陀、南无弥陀、南无佛、陀、无阿弥陀、无陀、南佛、南陀、无弥、无阿弥陀佛、弥、南阿陀、无阿弥、南陀佛、南阿弥陀、阿陀、南弥、南无弥陀、无阿弥陀、南无弥陀、南弥、南无弥佛、无阿弥陀、南无陀、南无阿、阿陀佛、无阿弥、南阿、南阿佛、陀、南阿陀、南无、无弥佛、南弥佛、阿弥、弥、无弥陀佛、无陀、南无阿弥陀、阿陀佛

"什么东西？这，简直是和尚念经。"明智如堕五里雾中。

"纸片上写满了'南无阿弥陀佛'。最初，我以为是谁在恶作剧。后来，我以为是痛改前非的囚

犯在大牢里悔罪时念的经。可如果真是那样的话，为什么这里面没有一个完整的'南无阿弥陀佛'？'陀'也好，'南无弥'也好，虽说都是'南无阿弥陀佛'的一部分，却没有一句完整的。我觉得其中必有蹊跷，绝非随意为之的胡乱涂鸦。

　　"正巧这时你洗澡回来，我连忙藏起那枚你落在桌上的两分铜币和纸片。我也不明白当时为什么要藏起那些东西。也许是想保守秘密，等到真相大白之后再告诉你，以显示自己的推理天才。就在你推门进来的一瞬间，一个奇特的念头在我的脑海里一闪而过——这张纸片说不定与那名大盗有关。虽然不知道他把那五万日元巨款藏在什么地方，但他总不能就把那么大一笔钱放在某个地方，等到刑满释放那一天再去取吧。我想，他一定有手下或者同伙可以替他保管那笔钱。假设那家伙被捕时来不及告知他们藏匿那笔巨款的地方，那该怎么办？设身处地地想一下，他只能利用某种方法设法从牢里与他的手下或同伙取得联系。如果，这纸片上那些不伦不类的内容就是通信密码的话……

"这个想法马上占据了我的脑海。当然,这是我的异想天开。于是,我便向你打听这枚两分铜币的来历。没想到,你告诉我香烟店店主的女儿在监狱附近开了一家杂货店,专门送货到监狱里为犯人服务。如果有人要与监狱里的犯人秘密通信,通过这家杂货店自然就是最佳的方式。只是不知哪个环节出了差错,这枚硬币留在了店主女儿手里,随即转手到了她的娘家。

"这些貌似恶作剧的文字肯定是一种通信密码!可这种密码该如何破译呢?我当时在房间里走来走去就是在思考这个问题。这该死的密码,实在太难了!统统归纳起来,不外乎'南无阿弥陀佛'六个字,还有就是顿号,加起来一共是七个字符。它们各自到底表达什么意思?组合起来又是什么意思?

"对于密码,我曾经有过一番研究,大致了解其中的一百六十多种。我将我所知道的密码记号一一套用在这张纸上,费了好一番工夫。我还依稀记得你邀我一起去吃饭,被我拒绝了,因为我当时正全神贯注，担心思路一旦被打乱就要前功尽弃。

"然而，一番苦思冥想后还是一无所获，我开始绝望……六个字组合，六个字组合……仿佛咒语一般在我的脑海中盘旋不去，我已经到了完全痴迷的地步。突然，我想起了真田幸村的"旗印六连钱"，不知怎的，嘴里就开始不断地念叨'六连钱''六连钱'……然后不知不觉间，我就想到了'六连钱圆点触摸认字法'。就是它！我情不自禁地大叫起来。盲文板，你大概也知道一点吧？盲人就是靠手指触摸方格里的圆点数量及其排列，理解板上的盲文意思。虽然我也不熟悉，但还知道一点'六连钱圆点触摸认字法'。于是，我请来旅馆里的按摩师，请他一边为我按摩，一边教我盲文五十音图。"

松村武说着，从抽屉里取出一张纸，上面写着盲文五十音图——浊音、半浊音、拗音、促音、长音、数字等。

"先把'南无阿弥陀佛'这六个字从左到右，三字一组，排成两行，就变成了跟点字一样的双行排列，六个字正好搭配点字的六个点，再以顿号为界，就可以解开这个密码了——

　　自五轩町正直堂领取玩具钞领收人之名为大黑屋商店

　　"为什么要去领取玩具纸币呢？这个只要略加思考就能轻易想明白。那个大盗称得上聪明绝顶，而且思虑缜密，为保证巨款万无一失，他深思熟虑，选择了常人难以想象的最安全的场所。最危险的地方就是最安全的地方。换句话说，最安全的藏匿就是根本不藏匿。就这么放在众人眼前，反而谁都不会去特别注意。那个家伙深谙此道，于是设计了这样的诡计。我猜想，所谓正直堂，多半是专门印刷玩具纸币的厂家。果然，让我猜中了，那家伙以大黑屋商店的名义，事先向正直堂预订了五万日元的玩具纸币。

　　"最近一段时间，流行一种真假难辨的玩具纸币，既有趣又时髦，可谓成人玩具。那家伙事先预订好玩具纸币，巨款得手后，马上潜入那家印刷厂仓库，用真纸币替换玩具纸币，等风声过去之后再冒充货主前去提货。

"想到这里，我决定去印刷厂提货。但是，绝不能让人对我留下任何印象，以免那家伙出狱后找我算账。最后，我决定化装。多亏你给我的那十日元，我才变成了现在这个样子。你瞧，这是个绝妙的好主意吧？"

松村武一边笑，一边特意露出门牙——竟然有一颗亮闪闪的大金牙。只见他用手指轻轻向上一推，就把那颗金牙取了下来，放在明智眼前。

"这是夜市卖的假货，花钱不多，作用却不小。金牙这种东西特别抢眼，日后如果那家伙出狱后找我报仇，势必先去找镶了金牙的人，对吧？一切准备就绪后，今天一大早我就出发赶往正直堂。为了化装，我已经身无分文，如果那家伙当初只预付了定金，要取走那么多'玩具纸币'，至少还需要二三十日元，那可就麻烦了。转念又一想，那家伙为了避免印刷厂将这笔巨款当作玩具纸币转卖给别人，应该会预先结清所有款项。不管怎么说，这可是五万日元，我必须赌一把，到时候再想办法蒙混过关就是了。果然，印刷厂根本没有提起余款的事，二话不说就从仓库里提出'玩具纸币'交给了我。就这样，五万日元的巨款被我不费吹灰之力地领了回来。"

松村武滔滔不绝。自从两人住进这家旅馆以来，几乎天天朝夕相处，明智还从来没有领教过松村武有如此超水平的演讲。五万日元竟有这么大的魔力，虽然他努力不让自己表现得太过得意，但不管再怎么努力，都按捺不住从内心深处涌起的激动。

不过，明智在松村武这番推理之中发现了一个显而易见的漏洞，虽然他也极力控制自己，最后还是没能忍住，放声大笑起来："哈哈哈……"

"喂，你笑什么？"

明智强忍住笑意："你的推理实在精彩，干了一件非常了不起的蠢事！从今往后，我一定会更加佩服、更加敬重你的聪明才智。但是你真的相信现实生活中会有这样的好事？"

松村武没有回答，满脸讶异地看着明智。

"如果作为小说里的情节，你刚才的推理的确无懈可击，但现实生活毕竟不是小说。我还要提醒你注意，纸片上的通信密码难道就没有其他的破译方法？比如，是不是可以隔八个字跳读呢？"

明智说着，在松村武破译后的句子里，将第一个字、第九个字、第十七个字和第二十五个字圈出：

开玩笑的

"松村君，开玩笑，你知道是什么意思吧？你觉得这是个巧合吗？还是说，这会不会是某人的恶作剧呢？"

松村武一声不吭，将装着巨款的包袱放到明智跟前："别开玩笑了，明智君。请问，你怎么解释这笔五万日元的巨款？这可是摆在眼前的事实，别跟我扯什么小说不小说的！"

松村武瞪大眼睛怒视着明智，仿佛马上就要跟他决斗。

看着朋友生气的样子，明智突然对自己的恶作剧后悔起来："事实上，我做了一件非常对不起你的事情。这出由我导演的戏，实在太过分了一点，请你原谅。你背回来的那五万日元都是玩具纸币，没有一张是真的。不信的话，你可以解开包袱仔细查看一下。"

松村武一听这话，脸色变得苍白无比，哆哆嗦嗦地解开包袱，露出两个整齐的大纸包，其中一个已经被撕开，露出了里面的纸币。

"这是我在回来的途中撕开的，就是为了检查纸币。"

松村武嗓音嘶哑，一把撕去外包装——码得整整齐齐的纸币！乍看之下完全难辨真假，只是如果仔细看，就会发现这些纸币上日圆的"圆"都被印成了"园"。十日圆、二十日圆……都变成了十日园、二十日园……

松村武惊呆了，脸上的笑容消失殆尽，就连呼吸声也仿佛听不见了……

说到这里，故事本该结束。但是，明智这出小闹剧的手法应该公之于众。

正直堂实际上是明智的一个远房亲戚开的。一天，他去印刷厂拜访这位亲戚。没想到这家印刷厂是专门生产玩具纸币的。听亲戚说，大黑屋商店的黑田老板是他最大的主顾。当时适逢电机厂五万日元巨款被盗，各大报纸上都刊登了悬赏广告，被新闻媒体炒得沸沸扬扬。巨款被盗和悬赏金广告，自然也是明智和松村武两人间的热点话题。于是，明智就想到了利用这些玩具纸币的恶作剧，只是为了证明他的智慧比好友更胜一筹。那张小纸片上的通信密码也是明智编造的。香烟店店主的女儿在监狱附近开设了一家杂货店，经常为犯人送货上门的说法更是子虚乌有。那枚不可思议的两分铜币，是明智从爱好收藏古币的朋友那里借来的。他故意把小纸片塞进铜币里，再假装无意间落在了松村武的桌子上……

暗 星

黑　点

东京市区里，有许多地方至今还残留着当年战争留下的痕迹，港区麻布K町一角的大片空地就是其中之一。这片在空袭中被烧毁的住宅区如今杂草丛生，到处是残垣断壁。

不可思议的是，这片空地的正中央，却矗立着一栋欧洲风格的别墅，这是这一区域在空袭中唯一幸存的建筑。别墅外墙的红砖已经发黑，并且长满了青苔，看起来十分陈旧。别墅一侧还建有一座高高的塔楼，宛如古时候的欧洲城堡。建有塔楼的别墅与周围的废墟形成了鲜明的对照，以致人们每次经过这里时，都不由得瞪大眼睛眺望这栋妙不可言的建筑。

别墅的主人叫伊志田铁造，是颇有名气的大富豪，但性情古怪。人们称这栋别墅为"伊志田城堡"或"伊志田公馆"。

春天的一个夜晚。

天色阴沉，风吹到身上带着一股黏腻，眼看就要下雨了。伊志田城堡犹如一大团乌云飘浮在夜色里，悄无声息，没有一丝光线透出窗口，好像一座废弃的空宅。但就在这时候，城堡最大的客厅里，五六个黑影一动不动地呆坐在没有灯光的房间里。那是伊志田全家。

"哥哥，又怎么了？"

黑暗中传来一个年轻女子娇嗔的声音。

"对不起，马上就好，可能是机械出了故障……好了，修好了，这就开始。"

是一个年轻男子温和的声音。

与此同时，伴随着马达转动的声音，齿轮咯嗒咯嗒地转了起来。接着，原本漆黑一片的房间里亮了起来。客厅一侧的墙面被照亮了，一块两米见方的白影上面，开始出现模模糊糊的人影。原来一家人正在放电影。

画面逐渐清晰起来，出现的是伊志田的全家人。背景是大院子里的小树林。阴暗的树林前，几个模糊的人影像幽灵似的慢吞吞地走来走去。其中有一位五十多岁、留着胡子的胖绅士，一位夫人模样的妇女，还有一位二十二三岁长得楚楚动人的小姐，一位十六七岁模样很可爱的女学生，以及一位腰弯得很厉害的上了年纪的老婆婆。

"瞧，这是我的特写镜头！"

刚才那个年轻男子的声音又在房间里响起，他好像在操作放映机。

出现在墙上的，是一张几乎占据了整个画面的脸。那张脸看上去二十多岁，清秀标致。乌黑光亮的头发整齐地梳向脑后，一身华丽的西装三件套，雪白的衬衫，系着一条条纹领带。正是操作放映机的青年。

画面中，那张英俊的脸正对着镜头微笑。长长的睫毛，双眼皮，一双眼睛宛如在睡梦中，眯成了一条线，两颊各有一个可爱的酒窝，粉嫩的双唇间露出了洁白整齐的牙齿。

就在这时候，不知又是哪里出了问题，"啪"的一声，放映机又不转动了。画面中的那张笑脸仿佛突然失去了生命，变成了静止的画面。

青年又手忙脚乱地摆弄起机器来，但是，似乎这次一时半会儿修不好了。也许是因为年轻技师技术不熟练，发生故障时，他好像有些不知所措，居然忘了关掉电源开关。透镜聚焦的强热很快把胶卷给燃着了。先是画面中的右眼上出现了一个黑点，眼看着渐渐扩大，整个眼睛很快变成了一个空洞，眼窝里好像流出了浆液，所到之处，从眼睛到脸颊，空洞可怕地漫延，最后把那个可爱的酒窝也给吞噬了。英俊青年的半张脸都变了形，眼睛、眉毛和嘴溶成了一片。

"啊，哥哥，不行了，快，快。"

在年轻女子的惊呼声中，青年急忙切断电源，顿时，房间里变得漆黑一片。

"开灯好吗？"

一个中年女子的声音在黑暗里响起。

"别忙，没关系，马上就能修好的。"

青年又摆弄了一番，房间里重新响起了咯嗒咯嗒的齿轮声，墙上出现了新的画面，是一张漂亮的年轻女子的脸，二十一二岁，笑靥如花。

突然，又是"咔嚓"一声，放映机再次停止了工作，年轻女子的嘴角出现了一个黑点，随即很快扩大，美丽的脸庞扭曲着被迅速吞噬。

这一次，青年眼疾手快，第一时间切断了电源，但即便如此，那张脸还是被溶解了大半。

"可怕，太可怕了，哥哥！"

少女的声音像是受到了惊吓。

"算了，不看了。我也不知道怎么回事，心情变得糟透了。妈妈，快开灯吧。"

是刚才的年轻女子的声音。

黑暗中传来挪动椅子的声音，好像有人站了起来，然后，灯亮了。

"为什么不看了？继续看下去不好吗？偏偏……"

大腹便便的绅士嘟哝着，显得很不高兴。他就是这家的主人，伊志田铁造。

"我最近总有些莫名的烦躁，隐隐约约好像有一种不祥之感。"

摆弄放映机的青年铁青着脸说。

"不祥之感？"铁造面露不快，"一郎，你最近到底怎么了？是身体不舒服吗？老爱说那些怪话……"

"说不定还真是病了，你瞧一郎，脸色那么难看。"

在一旁附和铁造的，是刚才出现在画面上的那个漂亮的年轻女子，她是伊志田一郎的姐姐。

"没有，我没什么不舒服，只是我此刻的心情不知该怎么表达才好。总有一种预感……是不祥的征兆。我思来想去，总觉得这房子里好像有什么古怪，刚才就是这样的感觉。放映机发生故障绝不是偶然，如果照刚才那样放下去，不光我和姐姐，就连爸爸的特写镜头，脸也肯定会像我们一样被烧焦。那样的情景，我已经好几次在梦里看到过了。”

　　一郎的脸色越来越难看，身体不住颤抖，就连说出的话都带了颤音。

噩　梦

　　"什么，梦？一郎，你做什么梦了？"伊志田夫人担心地问道。

　　伊志田夫人的发型、服装等，都跟丈夫铁造的一样成熟稳重。但是，无论从哪个角度看她那张漂亮而富有光泽的脸，都不会超过四十岁。

　　"这梦太可怕了，我还没有对任何人说过。因为……我害怕，根本不敢说。"

　　"别说那种胆小鬼的话！一定是看书看过头了！什么心灵学、宗教学的，光看这些不该你们年轻人看的书，不做那些莫名其妙的梦才怪呢！好了，别再说了，大家都到客厅去吧。"

铁造说着站了起来，但是面色苍白的青年反而认真起来，对父亲说："爸爸，我想把我做的梦全说出来给大家听。"

这时，房间里响起一个嘶哑的声音："既然他想说，为什么不听听呢。梦这种东西，可不能小瞧啊。"

是祖母的声音。老人快八十岁了，牙齿全掉光了，装了一口假牙。今天晚上好像没戴假牙，两颊塌陷，脸上布满了刀刻般的皱纹。

"还是奶奶理解我。我已经连续三个晚上做了相同的梦。"一郎见有了帮腔的人，顿时来了精神，打开了话匣子，"我也不知道是在哪里，总之像地下洞窟那样黑乎乎的地方。我坐在那里，变成了一座石雕。因为变成了石头，既不能动弹，也不能呼吸，倒是眼睛还能清楚地看见周围的东西。这时，一个赤身裸体的人头下脚上地从半空落了下来，好像被看不见的绳索缠着倒挂在空中。漆黑的半空中只有这个人影白晃晃的，我看得非常清楚，是爸爸。爸爸的双眼血肉模糊，鲜血从眼眶里流出。接着，姐姐也在爸爸旁边倒吊下来。就像刚才画面上的那样，从嘴到下巴全是血，嘴角还挂着一缕血丝，一直流到地面。然后是真理子。真理子的眼睛也被捣坏了，整个人朝下坠落。不，不是坠落，而是像雨点敲打在窗玻璃上那样……

"这情景实在太可怕了，我很想大叫，可那时的我已经变成了石雕，无法发出声音。我想跑过去，却不能站起来，不得不一直待在原地眼睁睁地看着眼前的可怕景象。这样的梦我连续做了三个晚上，这样的心情你们能明白吗？

"不仅如此，还有一个人从半空中掉了下来，也是头下脚上，但整个身体呈'大'字形，右眼已经变成了一个空洞，不断有血从里面滴落。这是谁？就是我啊。我亲眼看到了自己惨不忍睹的模样。

"虽然已经变成了石雕，但由于极度的恐惧，我在梦中终于还是叫出了声。然后我终于睁开了眼睛，全身冷汗。连续三个晚上，我都没有坚持到梦的最后，所以不知道我是不是最后一个掉下来的。可我总觉得，那可怕的情景后来还在继续。"

一郎说到这里就闭口不言了，只是用异样的眼神环视在场的众人。

谁也没说话，就连平时最活泼的伊志田真理子也被吓得脸色苍白，双眼圆睁，半张着嘴巴，忘了惊叫。伊志田夫人和伊志田绫子的脸上如同抹了一层白色的蜡，表情僵硬。男主人铁造也好像丢了魂似的，一脸茫然。也许是心理作用，就连天花板上的吊灯似乎也变得异常昏暗。大家相顾无言，都从彼此的眼睛里看到了恐惧。

"做了这样的噩梦，而且连续三个晚上，确实是不祥的征兆，有什么事要发生了……"

祖母像念经似的，用没牙的嘴念念叨叨，让房间里的气氛更加诡异阴森。

"如果只是梦，我也不至于这么害怕。只是还有更加蹊跷的事。我总觉得在这栋别墅里的某个地方，隐藏着一种肉眼看不见的类似幽灵那样的东西。它就在我们家里飘来荡去。照这样下去，我们家总有一天要出事的。我的房间里发生的怪事足以证明那东西就在我们家里。"

听到这里，姐姐伊志田凌子面露惊恐，轻声呢喃道："怎么，一郎房间里也……"

姐弟俩不由得瞪大眼睛看着对方。

"怎么？姐姐房间里也有……我房间里的那个贝多芬石膏像居然会自己移动。本来一直是挂在右边墙上的，可早上起床一看，竟然挂在了左边墙上。我把它再挂回到原来的位置，可第二天早上，它又移到了左墙上。我问了家里所有人，都说不知道有这回事……再说，我根本就没让任何人进我的房间，晚上睡觉之前也会锁好门。可这样奇怪的事情却反复发生。今天早上，我发现贝多芬石膏像的右眼变成了一个黑窟窿。"

听到这里，大家都不由得联想起刚才放映机故障后的画面，悄悄交换了一下眼神。

"这几天，我的桌子抽屉总是莫名其妙地变换位置，左边的被换成右边，右边的被换成左边，好在抽屉里的东西倒是一件不少。一开始，我还以为是真理子恶作剧。一问她，才知道我错怪了她。问了其他人，也都说不知道。当时，我还不知道一郎的房间里也发生了类似的情况，也就没放在心上。如果一郎房间里也有这种异常情况，那就奇怪了！"

"爸爸，你现在还认为是我书读得太多的缘故吗？"

"嗯，居然还有这种事。我想，那可能是你们姐弟俩的错觉。不管怎么说，这房子又不是什么鬼宅，石膏像和抽屉怎么可能自己会动？一定是你们自己搬来移去，事后又忘得一干二净，疑神疑鬼的。哈哈哈……"

铁造说完，故作轻松地哈哈大笑。可是，其他人谁也没有附和着发出笑声。他们的脸色反而更加苍白了。

"石膏像和抽屉当然不可能自己移动，一定是什么人干的，就是那个在这栋房子里徘徊的幽灵。我总觉得它就在我们身边。这会儿，它说不定就在这房间里一边嘲笑我们，一边听我们说话呢。"

一郎一边说，一边胆怯地朝玻璃窗外的黑暗张望。大家好像真的感到在外面阴暗的树丛里，有一个模糊的黑影正在窥视这房间里的一切。

电　话

　　大侦探明智小五郎疲倦地靠在书房里的扶手椅上，手里夹着点燃的香烟，在烟雾的笼罩中陷入了沉思。

　　这是伊志田家放映电影那晚之后的第三天。

　　明智的眼前，先是浮现出红砖斑驳的伊志田城堡，以此为背景，又浮现出一张青春俊美的脸庞。

　　一天前，明智接待了突然来访的伊志田一郎，听他讲述了他的噩梦和家里的怪事。

　　"我很害怕，必须找一个值得信赖的人说说心里话。父亲把我说的都当成了耳边风，还数落我书看得太多才会这样。明智先生，我实在不知道该怎么办了。就在这一筹莫展的时候，我忽然想到您。我家发生的情况也许够不上犯罪，可至少算是某种不祥的前兆。最近一段时间，我们家肯定会发生什么可怕的事情。"

在会客室的扶手椅上，一郎身体微微前倾，双眼紧盯着明智的脸，语气认真而且肯定。他坚信世上有幽灵那样的东西，害怕这种不祥的征兆变成现实。

"这年轻人真不可思议，心里好像燃烧着一团冷峻而艳丽的火焰，眼里却闪烁着美丽的光芒。"

明智回忆起年轻人当时的神态，不由得嘟囔道。

"我不能断言你说的一切只是庸人自扰，也许确有其事，但是只是这样的话，恐怕还不到我出手的时候。事情到此为止的话当然再好不过，如果还有怪事发生，请立刻通知我。届时，我再决定是否接受你的委托。"

明智说完这番话，打发一郎回家了。打那之

后，他一直忙于各种工作，一直没顾上青年的事。然而，当工作告一段落，吸着烟享受难得的闲暇时，不知为什么，眼前浮现的都是青年俊美的脸庞和那栋诡异的建筑，一股莫名的不安从心底油然而生。

"很久没有这种感觉了……"

明智喃喃自语着，又深深地吸了一口烟。就在这时，桌上的电话突然刺耳地响了起来。

明智吓了一跳，不由得紧张起来——果然出事了。

他急忙拿起话筒，果然是伊志田一郎打来的，听声音好像极其疲惫。

"是明智先生吗？刚才，父亲和母亲都出门了，我一个人在父亲的书房里。先生，我现在是压低嗓门跟你说话，能听见吗？被那家伙听见可就麻烦了……"

"什么？那家伙？你家里还有谁？"

明智问道，一郎没有回答，继续往下说，还是上次那种失魂落魄的语调。

"走廊传来了很轻的脚步声，不是女佣人，是那家伙的脚步声，确实是那家伙的。先生，快，请来我家！我已经全身乏力，身体不能动弹，总算坚持着给你打了这个电话。啊，我听见那家伙的呼吸声了，那家伙正从钥匙孔朝屋里窥视呢。先生，你听见我说话了吗？现在，我得更小声一些才行。"

一郎的声音越来越轻，已经近乎喃喃自语了。

"啊，先生，不行，已经不行了！门……开了，被一点一点地推开了。"

随后是一段沉默。

"啊，果然是那么回事。就是那个家伙。他进来了，手上还拿着刀！先生，先生……"

对方的声音戛然而止，但即便立即赶去也来不及了，于是，明智紧紧握着话筒，竖起耳朵仔细听着，任何细微的声音都不放过。一郎好像跟什么人扭打在了一起，甚至能听到剧烈粗重的喘气声。时间好像过去了很久，但实际上还不到五分钟。然后，无法形容的、痛苦的呻吟声传进了明智的耳朵。是一郎的声音。

明智只觉得心头一沉。青年是向自己求救的，自己也听得清清楚楚，却无能为力。他的伤势一定很严重，不，说不定他已经死了……

突然，电话里传来嘶哑的声音：

"你是明智大侦探吧？嘿嘿嘿……来不及赶到这里，一定很痛苦吧？喂，你最好把我的声音记住，记清楚，哈哈哈……"

是歹徒的声音！是那个把伊志田一郎打倒在地的凶手的声音！但这是一种非常奇怪的声音，听不出是男人还是女人，年龄大小也无从分辨，是一种完全无法辨认的声音。勉强形容的话，有点像八哥模仿人说话的声音，令人感到恐怖之余，还有些滑稽可笑。

"喂，你是谁？你到底想干什么？"

明智问了对方也不会回答，但明智还是冲着话筒喊道。

果然，对方大概已经说完了自己想说的，逃离了现场。不管明智再怎么侧耳细听，都没有再听到任何声音。

不能再犹豫了，无论如何，必须马上赶到现场。明智急忙换好衣服，叫来助手小林芳雄，让他马上准备汽车。

从明智侦探事务所到K町的伊志田别墅，只有不到十分钟的车程。

车停在伊志田别墅门前，明智推开车门下了车。他快步上前，按下门铃。很快，一个二十出头、学生模样的寄宿生打开大门，探出头来。他好像还什么都不知道。

"请问伊志田一郎在家吗？我是侦探明智小五郎，想尽快见他……"

寄宿生随即跑回屋里，不一会儿，大惊失色地跑了出来。

"不、不好了！一郎受了重伤，倒地不起。快，快跟我来！"

他一把抓住明智的手腕，拽着就往屋里奔跑。别墅主人伊志田夫妇都不在家，所以虽然是第一次见面，但除了依靠眼前这个恰好赶来的大侦探，他似乎也没有什么更好的办法了。

"你一直在家吧？难道一点也不知道家里发生了这么大的事情？"

明智一边跟着寄宿生在走廊里飞奔，一边问道。

"我之前出去了，刚刚回来。家里到底发生了什么，我一点也不知道。"

"女佣人在家吗？"

"应该在的，老夫人也在。不过，他们的房间距离一郎所在的房间还有一段距离。何况，伊志田先生的书房别人是不能随便进的。她们应该还不知道，我这就去通知她们。"

"不，救人要紧，先去书房，稍后再通知其他人。"

说话间，两人已经上了楼梯。又沿着走廊走了几步，就到了伊志田先生的书房。一郎就躺在书房的地板上。

时值黄昏，而且伊志田别墅之所以又被称作"伊志田城堡"，就是因为窗户又少又小，所以房间里十分昏暗。但是，倒在地上的伊志田一郎的身影还是马上映入了明智的眼帘。只见他蜷缩着身子，英俊的脸上到处是血，从肩膀到胸前的地方好像受了伤，被血染红了一大片。

伊志田一郎的预感应验了！不祥的征兆变成了现实，而他自己，成了第一个牺牲者，难道那个俊美的青年已经与世长辞了？

明智和寄宿生走进房间，直愣愣地看着眼前的凄惨景象，一时茫然不知所措。

凶　手

"一郎，一郎，你醒醒啊！"

寄宿生走近一郎，弯下腰大声喊道。但一郎毫无反应，不知是死了还是昏迷不醒。

明智也赶忙上前蹲下身去，检查他的呼吸和脉搏。

"脉搏虽然很微弱，但问题不大。你快去打电话叫医生！别用桌上的电话，那上面也许有凶手的指纹……家里还有其他电话吧？"

寄宿生领会了他的意图，赶紧朝门外走廊跑去，随后传来了下楼梯的声音，原来电话在楼下。

寄宿生离开后，宽敞的书房里就只剩下了明智和重伤濒死的伊志田一郎。天色越发昏暗，房间里的一切都变得模糊不清。一郎脸上的血看上去就像涂了一层墨，乌黑乌黑的。

一郎的眼睛被人扎伤了，是右眼——电影中的预兆变成了活生生的现实。除了眼睛，一郎的胸部好像也被扎伤了，流了很多血，原本雪白的衬衣已经被染成了红色。地毯上也有一大滩已经变得乌黑的血迹。

明智的脑海里忽然闪过一种奇妙的感觉，不光伊志田一郎生命垂危，就连这宽敞的书房也死气沉沉。有一扇窗户半开着，可房间里的空气丝毫没有流动的感觉。他站在伊志田一郎的身边，目不转睛地盯着房间里的一个角落。那里，好像有什么东西在微微晃动。

靠墙的书架间，有一个类似壁龛的地方，挂着深色的布帘。就是那块布帘在微微晃动着。

难道是什么动物？家里养的猫狗之类的？不，不是那种小动物，而是更大的什么东西。

明智想起了刚才在电话里听到的声音。那嘶哑的声音性别、年龄均无从判断，令人毛骨悚然。那是凶手的声音。就是那家伙扎伤了一郎。难道那家伙来不及逃走，不得不躲在了布帘后面？

明智想要大声呵斥，但转念一想，不行，如果那样做，刺激到凶手，后果不可预知。最好还是静观其变。

暮色浓浓的房间里，呼吸声变得粗重起来，双方都已经意识到对方的存在，可彼此都心照不宣，一声不吭地僵持着。明智感到自己全身不停地冒汗。他没带武器，对方却至少有一把锋利的匕首。此刻，他不得不全神贯注，密切关注对方的一举一动。

僵局终于被打破了。

也许对方终于忍受不了明智咄咄逼人的目光了，布帘开始剧烈摇晃起来，随后蹿出一个黑影，一阵风似的向书房门口冲去。

那黑影就像一个巨大的蝙蝠，一时难以辨认。但事后想来，那家伙头戴黑色面罩，只有眼睛的地方开了两个小洞，一件宽大的黑色长袍裹住了全身，下摆把双脚也遮住了。看起来，那家伙好像比一般人要矮一些，当然，也说不定是他故意弯腰屈腿，制造假象。

那家伙飞速蹿到门口，黑色长袍的两个宽大的袖子犹如翅膀在挥舞，简直就像一只巨大的蝙蝠。

长袍里肯定藏着沾有伊志田一郎血迹的匕首，但明智没有丝毫胆怯，紧追了上去。

怪物没有下楼梯，而是飞快地朝走廊深处狂奔。他跑起来就像猫一样悄无声息，看起来就像一只巨大的蝙蝠在飞舞。

怪物跑到走廊尽头的时候，明智已经追到只有四五米远了。

怪物沿着走廊尽头的楼梯飞奔而下，而后沿着一楼走廊继续飞奔。拐过走廊转角的时候，那家伙回头看了一眼，黑色面罩上的两个小洞里亮光一闪。也许是心理作用，那家伙好像在笑。

"站住！"

明智第一次开口，厉声警告。

但那怪物毫不理睬，反而以一种奇怪的姿势作了一个类似告别的动作，一转眼的工夫，就消失在了转角处。

明智马上追了上去，到转角处一看，那里是走廊的尽头。前后相差不过几秒钟，怎么会一下子就不见了踪影？

走廊左侧有一扇窗户，窗外就是院子里的树林。明智上前仔细检查了一番，窗户是关着的。他打开窗户，探出头去在暮色笼罩的院子里四下搜寻，还是没有发现怪物的影子。

明智有点不知所措，他开始着急起来，不安地扫视周围。除了这扇窗户，没有其他可以逃脱的地方了。

走廊右侧有扇门，明智猛地推开，房间里一片漆黑，鸦雀无声。

这好像是一间狭小的会客室，里面好像还有一个房间，明智走进去，"唰"地掀开了会客室与里间之间的门帘。

"是谁？"

声音嘶哑、低沉，带着责备的口吻。

明智定睛一看，这是一间铺着榻榻米的和式房间，靠窗的地方铺有棉被，被窝里躺着一个满脸皱纹的老太太。

"哦，对不起。请问，刚才有人进来过吗？是一个戴着黑色面罩、身穿黑袍的家伙。"

明智喘着粗气问道。

老太太费了好大的劲儿才钻出被窝坐起身来，满脸诧异地看着明智。

"没，谁也没有来过。你是谁啊？"

老太太是一郎的祖母。大概是因为年纪大了，这个时间也在被窝里躺着。

明智报上自己的名字和身份，简单地说了几句客套话。经老人同意，打开了吊灯。房间里只有一个双门衣柜和一张小桌子，根本没有可以藏身的地方。明智又打开衣柜搜查，还是没有什么可疑的东西。透过窗口可以看到院子里的树木，然而，窗户是紧闭着的。

这时，寄宿生和女佣们听说发现了怪物，都跑来了。大家再次分头搜查了老人的房间，结果还是一无所获。

照 片

　　两个小时后，险些丧命的伊志田一郎，经过医生的抢救，已经脱离了危险，正有气无力地躺在床上。

　　接到明智报告，警视厅中村警部立即赶来了。此时，他正和明智在一郎的床边调查，其他人都已经离开了。

　　一郎的伤比想象的要轻得多。胸部伤口看上去只是在肋骨上划了一刀，没有伤及肺部。右眼也只是眼睑下的皮外伤，没有伤及眼球。尽管出了许多血，但没有到必须输血的程度。

"怎么样，能说话吗？如果勉强的话，我们以后再谈。"

中村警部一边好言安慰，一边看着躺在床上的一郎。

"已经比刚才好多了，稍稍说一点没关系。"

一郎的声音很微弱。

"我知道你此时疼痛难忍，但为了尽快破案，不得不问清楚当时的情况，希望你尽可能如实回答。一郎君，你看见凶手了吧？"

"不，我没看见凶手的脸。"

"那凶手是蒙面的？声音和体形方面有什么线索吗？"

"我一点也想不起来。那声音，我从来没听过。"

"你是不是跟谁有仇？有没有什么值得怀疑的对象？"

"没有。我也想不明白，为什么有人会对我下这样的毒手。"

"那……凶手是突然闯入书房的吗？"

"是的，是突然闯入的。其实，我早就有预感了，当时也有这样的预感，走廊里传来陌生的脚步声，我吃了一惊，立刻给明智先生打了电话。"

"凶手说话了吗？"

"没有，什么也没有说。当时，凶手突然闯入书房，不问青红皂白，举起匕首就朝我刺来。"

"你当时是怎么反抗的？"

"我拼命抢夺那把匕首，但根本不是他的对手。而且由于太过害怕，根本使不出力气……"

"你为什么那么害怕呢？"

"那家伙的模样太可怕了。黑色面罩后的那双眼睛凶光四射，而且，那家伙的匕首一直对着我的眼睛，当我意识到这一点之后，就更害怕了。"

"凶手的目标只是你的眼睛吗？"

"是的，而且是右眼。我见刀尖距离我的右眼越来越近，便拼命抓住他的手腕往外推，可那家伙的力气比我大，刀尖差点刺中我的右眼。说实话，我长这么大从来没那么害怕过。如果是其他部位，我也许不会那么害怕，但那毕竟是眼睛啊，当时，我的心脏似乎都停止了跳动。但最后还是被刺伤了，不过不知道是因为他扎偏了，还是我本能地把脸转了过去，很幸运地没有被扎到眼球上。我不由得'啊'地大叫一声，随即捂住伤口，可能凶手误以为达到了目的，声音嘶哑地笑了。然后，他又对准我的胸口扎了下来，由于过分恐慌，我捂着伤口瘫软在地，什么也不知道，只是感觉胸口一阵剧痛，觉得自己死定了，就那样昏了过去。"

一口气说完这些，一郎有气无力地闭上了眼睛，绷带外的半张脸由于发烧透着潮红。左眼紧闭，长长的睫毛微微地颤抖着。

明智注视着那张俊美的脸，仿佛被什么吸引着，中村警部双手抱在胸前，紧闭双唇，一言不发，但那表情分明在说："这案子可不好办啊……"

"明智先生，我的预感果然没错。凶手果然是冲着我的眼睛来的，就跟几天前放映电影的时候一样，也跟我在梦里见到的一样。"

一郎一边仿佛自言自语，一边睁开了左眼，目不转睛地仰视着明智的脸。明智迎着他的视线，表情沉重地地点了点头。

突然，一郎的视线移到了明智背后的墙上，猛地瞪大了原本无神的左眼。

"那，那是什么？"

一郎的声音里满是惊恐，手指着墙壁。

中村警部和明智不由得转过脸看向背后。

墙上挂着一个小镜框，里面是一郎的照片，可不知什么缘故，那张俊美的脸上，红色液体正从右眼汩汩流出。

"啊，是血！从右眼流出来的。那家伙肯定知道自己没有得逞，这是赤裸裸的威胁。"

一郎挣扎着坐起来，惊恐地叫道，声音中的恐惧让中村警部和明智也不由得面面相觑。

明智突然走到照片前，用手指沾了一下流出的血水。

"这不是血，是红色颜料。那家伙是什么时候搞的这种恶作剧呢？"

颜料从照片上流下来，划出一条长长的红线。

中村警部和明智对视一眼，决定再次对别墅展开大规模搜索，于是从天花板到廊檐下，再到院子里的树丛深处，众人一处不落地搜了个遍，却什么线索也没找到。

医　生

　　虽然没有完全弄清楚凶手此次行动的目的，但有一点可以肯定，他绝不会就此罢休。一向孤僻的伊志田铁造也不得不做出让步，家里招来了好几个身强力壮的寄宿生，还经由中村警部推荐，住进了两个刑警出身的中年人。

　　之后的三天，什么也没发生。

　　第四天晚上。

　　一郎的房间里，只有一位戴着宽边眼镜、留着胡子的医生陪着他。

　　"哈哈哈……真有意思，我做梦也想不到您会这样看护我。"

一郎看起来恢复得不错，主动朝坐在床边的医生搭话。

"这样的打扮我也还是第一次。我不太喜欢化装，可你一而再再而三地要求，实在是不得已……"

医生也忍不住笑了起来。

"虽然让您勉为其难，但这样一来我总算安心了。就算那家伙再次出现，我也不怕了。"

这位医生其实是明智化装的。一郎和铁造再三央求，明智只得扮作主治医师，借用有本医生的名义，暂时在伊志田家住了下来。知道这一秘密的，只有当事人一郎、父亲铁造和主治医师有本医生。

明智对此时正躺在床上的一郎有一种特别的感觉，从一开始他来侦探事务所时，他那少有的俊美面容和压抑的莫名的激烈情感，就深深地吸引了明智。当然，促使明智决定入住伊志田别墅的最重要的原因是，在这栋古老的西式别墅里，弥漫着一种颓废不祥的气氛，置身其间，恍若隔世，他的直觉告诉他，凶手来自这栋别墅内部。

"一郎君，你看起来气色好多了。可以问你几个问题吗？"

扮作医生的明智用一种认真的语调和蔼地问道。

"好，请问吧。我也有问题想向您请教。您想问的，是不是我家的情况？"

"嗯，是的。我一直想弄清楚你的家庭情况。"

"那，先生，您觉得这次的事件跟我的家人有关？"

一郎出乎明智意料的非常敏感。

"倒也未必，只是随便问问。我想先了解一下你父母和姐妹的情况。"

"好吧。不管是谁，都会觉得我们家不同寻常，住在这样一栋鬼宅一般的老旧别墅里，一个个什么也不干。不过，父亲的情况特别引人注意，经常被别人议论。他是一个生性孤僻的怪人。大家都说我们家有钱，但到底有钱到什么程度，其实我也不清楚，不过至少可以保证我们一家人这样无所事事、游手好闲地打发日子。

"您也许想知道我们家人间的关系吧？就我所知，我们兄妹三人都是父亲亲生的，但我们的生母八年前就去世了。"

"照这么说，你们兄妹三人都不是现在这个母亲生的？"

"是的。我们三个的长相和气质都不一样，好像我们三个也是不同的母亲生的。"

一郎说到这里，嘴角浮现出一抹奇怪的笑容。

"在这方面，有什么值得怀疑的地方吗？"

"倒也没有。但父亲很古怪，也许心里藏着什么秘密。我那死去的母亲，是值得同情的人。"

"那，你们与继母之间的关系如何？"

"嗯……表面看上去比较和睦融洽，但各人心里怎么想的就不知道了。也许面和心不和也说不定吧？我们三人之间关系也很一般……您能想象这样的家庭吗？表面上大家一团和气，但其实各怀鬼胎。先生，我可以跟您说一下我的心里话吗？先生，我很害怕，害怕提到那件事。"

"还是不说的好。你受了惊吓，大脑极度兴奋，才会满脑子那些有的没的。"

明智耐心地劝说，但一郎仿佛下定了决心，滔滔不绝地说了起来。

"先生，那家伙真的是从外面来的吗？说不定一直就在这房子里呢。说不定我们都认识。"

一郎露在绷带外的半张脸苍白得像张白纸，搭在毛毯上的手也抖个不停。

"作为侦探，没有证据是不可以随便下结论的。现在，所有人都是我的怀疑对象，但我还没掌握任何证据。你就放心吧，我觉得不会像你想的那么糟糕的。"

明智干脆装作感觉迟钝的样子，只是一味地安慰一郎。

"肯定是那么回事，跟我预感的一样。先生，您也怀疑是我们家里人干的？是谁？到底是谁？"

一郎的脸已经有些扭曲了，好像马上就要哭出来了。

"你真是胡闹！我什么时候说过那样的话？你已经很痛苦了，别折磨自己了。好好睡一觉吧，你的大脑需要放松一下了。"

明智说着，轻轻地把毛毯盖在了年轻人的身上。

白　影

伊志田一郎丝毫没有睡意，他目不转睛地望向窗外，直愣愣地盯着某个地方，连眼睛也不眨一下。

"怎么了？你在看什么？"

明智顺着他的视线朝外望去。窗外一片漆黑，夜色中矗立着一个更加漆黑浓重的黑影，那是伊志田城堡标志性的塔楼。一郎的视线好像就是被那塔楼吸引了。

"先生，看，昨天晚上我也看见了，这不会是我的幻觉吧？"

"什么？看见什么？你说哪里？"

"那塔楼顶上有一扇窗，就是那里，您看……看到了吗？就是那个！对，好像有光。先生，您看见了吗？"

那绝不是一郎的幻觉。塔楼顶上的窗户里透出了微弱的光。那应该不是灯光，而是一种很微弱的白光。明智最初以为那是玻璃窗反射的别的什么地方的光，但再仔细一看，他马上否定了自己之前的看法。那光就是从屋里透出来的，还在微微摇晃。

"瞧，您看见了吧？从刚才开始就忽亮忽灭的。看，现在灭了，用不了多长时间就会重新亮起来的。"

说话间，那微弱的光果然又亮了起来。就这样，塔顶的白光一明一灭，仿佛一只巨大的萤火虫不停地喘息着。

"好像是手电筒的光？"

"嗯，好像是的。"

两人一边继续注视着塔楼，一边低声交换着意见。

这座塔楼已经废弃好长时间了，难道里面藏着什么人？

"会不会是什么信号？难道有人在跟外面的什么人秘密联络？"

"有这种可能。"

"之前警察搜索的时候，塔楼里肯定也搜查过了吧？"

"搜查过了，并没有发现什么异常情况，更没有人藏在那里。"

但现在那里确实有人，也许就是那个一身黑衣，目露凶光的凶手。

"你躺着别动，我去看一下就来。"

明智低声吩咐，随后按了呼唤铃。

"先生，不要紧吧？我有点害怕。"

一郎支起上半身坐了起来，抬起苍白的脸看着明智。

"你不用为我担心，就安心在这里躺着吧。"

这时，一个寄宿生听到铃声走了进来。他是中村警部特意安排的刑警出身的男人。

"你在房间里陪一郎待一会儿，我出去一下就回来，千万要提高警惕。"

明智说完，一阵风似的朝塔楼跑去。

要经过一条弯弯曲曲的走廊才能从主屋到达塔楼，但是离开主屋后，走廊变得非常低矮狭窄，又没有灯，简直就像在地道里一样。

接近塔楼时，明智放慢了脚步，蹑手蹑脚、小心翼翼地在黑暗中摸索着前进，高度警惕着四周的动静。

塔楼入口的门敞开着，明智手摸着墙朝里走，屏住呼吸向里面窥视。塔楼里黑暗阴冷，没有一点声音。进门后右手边是积满灰尘的木质楼梯，看起来还算结实。他关掉手电筒，踮起脚尖上了楼梯。

塔楼有三层，上到顶层要经过两段楼梯。从二楼走向三楼时，明智几乎屏住了呼吸，一步步地、好像虫子似的慢慢挪动着脚步。终于，他来到了塔楼的三层，悄悄地探出头，向房间里窥视。

房间里一片漆黑，没有灯光，也没有声音，明智觉得自己仿佛置身于地下洞窟。空气里充满了霉味和灰尘。他竟也不由得微微颤抖起来。黑暗里好像隐藏着什么不明身份的、令人毛骨悚然的东西，一种不属于这个世界的东西，让黑暗中的空气变得凝滞沉重，散发着一种奇怪的气息。

渐渐的，明智的眼睛适应了黑暗，窗户的轮廓微微泛白，依稀可辨。与此同时，弥漫着霉味和灰尘的黑暗中竟然飘来一股淡淡的香气。是香水！这香水的味道让人联想到漂亮的女人。就在刚才，肯定有用了香水的女人来过这里。刚才……不，可能现在还在，那个用香水的女人现在可能正躲在眼前的黑暗中。

就在这时，借着窗外透进来的一丝微光，明智发现一道白影就在窗前，像一个白色的幽灵，还在微微地晃动着。那白影转动了一下身体，胸前突然亮了起来，那亮光又经过玻璃窗的反射，让这个房间都明亮起来。

那是一个一身白衣的女子，胸前挂着一个手电筒。她转动身体的时候，玻璃窗反射的光线映出了她的胸部和纤细的手臂，有一种异样的美丽。

明智目不转睛地注视着那美丽的身影，玻璃窗上隐隐约约地映出了那女子的上半身。待依稀看清那人的面容，明智险些惊呼出声。

女子是伊志田一郎的姐姐，伊志田绫子，那个如蔷薇般娇艳的小姐。

倘若是陌生人，即便是个纤弱的女子，明智也会毫不犹豫地扑上去。可她是伊志田一郎的姐姐，绝不能贸然行事，只能暂时静观其变，而且不能让她察觉到自己的存在。

深更半夜的，一个漂亮的年轻女子独自待在这么阴森可怖的塔楼上，究竟想干什么？刚才，手电筒一亮一灭，多半是在与外面的人秘密联络。正因为要越过高墙发送信号，所以才选中了塔顶的这个小房间。

说不定外面与伊志田绫子秘密联络的就是那个一身黑衣的凶手。难道绫子接受那个人的暗中指挥，将家里的情况用暗号向他报告？这样一来，她岂不成了谋害胞弟伊志田一郎的帮凶？

就在明智思索之间，暗号联络已经结束，房间里一片漆黑，再也没有亮起手电筒微弱的白光。但由于明智已经适应了塔上的黑暗，可以清楚地看到白影正向自己飘来——脚下没有一点声音。她好像要回去了。

明智赶忙抢先一步跑回楼下，躲进了一个黑暗的角落里。

伊志田绫子似乎经常出入这里，完全不需要照明，稳稳地踩在楼梯台阶上，依旧悄无声息。只有偶尔传来的衣裙的摩擦声，伴着似有若无的香水味，从屏住呼吸的明智面前经过。

"唉……"

就在她经过明智面前的时候，突然长长地叹了一口气。那声音竟透着一股阴冷，让明智不由得打了一个冷战。但他很快就重新打起了精神，蹑手蹑脚地跟了上去。

伊志田绫子离开塔楼后，仿佛一个梦游症患者，在狭窄低矮的走廊里慢慢悠悠地朝主屋走去。当她回到灯火通明的主屋后，明智看得清清楚楚，确认她就是伊志田一郎的姐姐伊志田绫子。

伊志田绫子一踏进主屋的走廊，好像突然清醒了过来，动作变得十分敏捷，四下张望一番，确认走廊里没人之后，突然撒腿狂奔起来，一转眼就消失在了转角处。

明智急忙追了上去，在转角处探出半张脸偷偷窥视，走廊里早已没了人影。走廊中间的地方，一扇房门正无声地关上。伊志田凌子一定是躲到那里面去了。后来才知道，那个房间正是她的卧室。

嫌　犯

伊志田一郎怀疑凶手就在自己家里，并曾经对明智提起过。明智也考虑过这种可能性。住在这栋古怪的房子里的一家人似乎都有什么不可告人的秘密，家庭成员之间竟然互相猜疑。

明智无法认定伊志田绫子就是刺伤一郎的凶手。但她居然深更半夜登上连男人都害怕的塔顶房间，并且似乎是在以灯光暗号与什么人秘密联络。从这一点来看，似乎又无法否认她与这次的案件有些某种关联。也许黑色面罩下就是她那张美丽的面庞，或者她就是那个蒙面凶犯的同伙。

见伊志田绫子回到自己的房间，明智立即来到二楼伊志田铁造的房间。对方是年轻女子，与其自己直接去问她，倒不如由她的父亲出面询问比较妥当。

　　伊志田铁造还没上床休息，他在睡衣外面罩了一件外套，把明智让进了书房，也就是伊志田一郎被刺伤的那个房间。他似乎并不以此为意，仍然继续使用着这个书房。

　　明智向铁造讲述了绫子的异常行为，铁造听完也大吃一惊，立刻按响了桌上的铃，让寄宿生喊女儿绫子到书房来。

　　不一会儿，书房门轻轻地开了，还是那身白衣的伊志田绫子走了进来。除了脸色略显苍白外，并没有任何惊慌失措的样子，甚至还带着一种疑惑的表情，好像在说"爸爸，这么晚了叫我来有什么事吗"？明智见状不禁暗自佩服，这个漂亮的女子竟然如此会演戏。

　　书房里很快也飘起了绫子身上的淡淡的香水味。她走到父亲桌旁，向化装成有本医生的明智微微点头，算是打过了招呼。她并不知道眼前的有本医生是大侦探明智小五郎化装的。

"来，坐吧。你刚才去过塔顶吗？深更半夜的，你去那里干什么？"

铁造开门见山，虽然吃惊，但他对女儿的这一异常举动并不怎么怀疑，深信只要绫子说明自己的理由，就能洗脱嫌疑。

听父亲这么一说，绫子瞟了化装成有本医生的明智一眼，马上想到"怎么？我刚才的行动被这个医生看见了"？她并不慌乱，只是恰到好处地流露出一丝吃惊的样子，煞有介事地反问道：

"什么？您说什么？爸爸，我深更半夜上塔顶？那种阴森可怕的地方，大白天我都不敢去，更别说晚上了。爸爸，您怎么会问这个呀？"

这女人的演技简直绝了。而且，她对父亲说话时，语气好像并不亲热。

"绫子，你不要撒谎，不要让爸爸在这位先生面前丢脸。之前我没告诉你，其实，这位有本医生的真实身份，是著名的大侦探明智小五郎。他是受我和一郎的委托，进驻我们家侦查一郎被刺的案子的。"

父亲的话让绫子吃惊不小，她又不动声色地瞟了明智一眼。香水味似乎比刚刚浓烈了，刺激着明智的鼻子。

"绫子，明智先生刚才亲眼看到了你在塔上的举动。因此，我必须当着大侦探的面，听听你的解释。反正也不会是什么大不了的事情。在眼下这种时候，即便一些小的举动也会遭到怀疑，这也是很正常的。好了，你还是说吧。"

铁造说这番话的时候，绫子的脸色越发苍白起来，看得出来她正努力掩饰内心的不安。但最终，她还是决定要把戏演到底。

"什么，我在塔顶？有本先生亲眼看到了？奇怪！我根本就没去过那里，就连塔楼附近也没去过。有本先生，不，明智先生，您真的亲眼看到我了？"

她又变回了之前那个出色的演员，若无其事地将脸转向明智。

"是的，我亲眼看见了。虽然这说不上是什么光彩的事，但这是我的工作，也是不得已而为之。你在塔顶的所作所为，我看得清清楚楚。"

"什么，您是说我在三楼？请问，我干了什么？"

"你站在玻璃窗前，将手电筒对着窗外，一亮一灭，好像在与什么人使用暗号联络。"

"根本没有这回事。今天晚上，我一直在房间里看书，什么地方也没去过。明智先生，我冒昧地问一下，您是不是看错人了？"

"不，我看得非常清楚，就是你，连衣服也一模一样。而且，你一离开塔楼便沿走廊飞奔，径直返回了自己的房间。"

"什么，进了我的房间？"

绫子突然间不安起来，转过脸向背后看去。

"可我的房间根本没人来过。而且，我确实在看书，一定是您弄错了！"

"如果你坚持那么说，只能算我看错了。不过，如果照你这么说，难道你们家里还有一个跟你一模一样，甚至穿的衣服也都一样的人？总不可能是我在做梦吧。"

"和我一模一样的人……我还真想不起来……莫非，有一个穿着跟我一样的衣服的幽灵在我们家徘徊？"

绫子脸色惨白，喃喃自语。

铁造和明智似乎也受到了她的影响，感到了些许不安。

明智当时看到的确实是伊志田绫子的脸。纵然有长相相似的替身，但绝不可能骗过大侦探明智小五郎的眼睛。

"绫子，你还想在我面前蒙混过关吗？快说实话！不管你做了什么，绝不许你在我和明智先生面前有半点隐瞒！必须全部说清楚！"

铁造根本不相信世上有什么妖魔鬼怪，认定了女儿没有跟他说实话。

绫子有些怨恨地看着父亲的脸，突然，嘴角微微扬起。

"爸爸，难道您在怀疑我？"

她的语气异常激烈，说完，双手捂脸，抽泣起来。

一开始，她努力克制着，不让自己哭出声，但终于还是没能忍住，放声大哭起来，捂着脸的双手上也沾满了泪水。

"你们太过分了……太过分了……一郎是我的亲弟弟，我怎么会害他……那样的事情，我一个弱女子能做得出来吗……"

绫子越说越激动，就连埋怨的话也都说得断断续续。

看着女儿这么委屈，就连一向冷静的铁造也慌了神，赶紧站起身来，轻抚着女儿的肩膀，轻声细语地安慰起来。

"别哭了。好了，好了，爸爸根本就没怀疑过你，你怎么可能干那种事。只不过想问问你为什么要去塔顶，仅此而已。好了，别哭了。"

"我已经说过了，我根本没去过塔顶，可你们……"

"好，好，我知道了。就像你说的，肯定是搞错了。好了，快回去休息吧。爸爸已经知道了。"

就在铁造手忙脚乱地安慰绫子的时候，伊志

田夫人推门走了进来。铁造向夫人大致说了一下事情的经过，让她好好安慰绫子，陪她回自己的房间。

负　伤

结果，事情就这么不了了之了。

"事情搞成这样，真对不起。"

铁造连忙打断明智的道歉："不，明智先生，她已经那么大了，还像个孩子。被她一哭一闹，我也六神无主了。明智先生，您亲眼看到了，绫子或许真有什么秘密，但她绝不会是凶手或者帮凶。还是静观其变吧，也请您多加留意。"

这是一个稳妥的意见。

明智回到一郎的房间后，一郎很想知道塔楼里的情况，接连问了好几遍。但明智与铁造有约在先，所以并没有说出绫子的名字，只说发现了一个可疑的人影，最后还是被他逃走了。

又过了三天，一切平安无事。

那天晚上之后，绫子一直把自己关在房间里。塔楼顶上也再没出现过奇怪的亮光。

一郎胸口的伤恢复得很快，再过两三天就可以拆除绷带了。眼睛下面的伤也基本痊愈了，脸上的绷带已经全部拆除。这样一来，明智化装的有本医生就没有借口继续在伊志田家住下去了。但案子仍是一团乱麻，明智至今还没找到一丝线索，而且一郎也苦苦挽留，于是明智决定再住一段时间。

一郎被刺伤的第七天晚上。

伊志田家的人已经对这种氛围习以为常了，五名寄宿生已经走了两个。伊志田铁造为了协助明智破案，好几天没有出门，耽搁了一些公务。这天下午，他出门去处理积压的公务，直到深夜还没有回家。

恶魔等的就是大家放松警惕。这天晚上，趁铁造不在家，恶魔再次现身，出现了第二个牺牲者。

明智见一郎已经睡着了，便回到安排给自己的房间。不过，他并没有马上上床睡觉，而是等到十一点，再次离开房间，蹑手蹑脚地在静悄悄的走廊里巡视。

他在楼下转了一圈，想去厕所，经过浴室时，发现里面还亮着灯光，而且能隐约听到哗哗的流水声。已经这么晚了，还有谁在洗澡？明智略感讶异，却也没多想，等他从厕所出来的时候，浴室里的灯已经关了。突然，明智发现走廊转角处有一个人影，好像刚从浴室出来。

也许是心理作用，明智觉得那个人影不像伊志田家的人。那人好像一身黑衣，下摆像长袍一样十分宽大，看不出是男是女。

明智踮起脚尖追了上去，拐过转角，借着走廊里昏暗的灯光，他看到一道黑影正悄无声息地向前狂奔。

是他！就是刺伤一郎的凶手！

明智非常镇定，没有贸然喊出声来。既然对方没有发现自己，索性就这么悄悄跟着，好弄清楚他究竟要去哪里。

走了七八米，前面又出现了一个转角。那家伙在拐过转角时突然回头看了一眼，走廊里根本没有可以隐藏身形的地方，纵使明智身手敏捷，此时也毫无办法。

既然被发现了，干脆豁出去了。明智突然以惊人的速度冲了上去，同时大声喝道："站住！"

转角后就是走廊尽头。右侧是墙，左侧只有一间空房间，那家伙走投无路，肯定躲进那间空房间了。

明智跑到门前停住了脚步，突然想到，前几天搜查别墅时，他曾注意过这个房间的窗户上装有铁栅栏，真是那样的话，那家伙此时岂不已经成了瓮中之鳖？他伸手推门，好像没人从里面抵着，轻轻一推，门开了。房间里漆黑一片。他伸手去摸门口附近的墙壁，还好，开关就在手边。随着"啪"的一声，灯亮了，他以极快的速度扫视了整个房间——除了角落里的几把破椅子，房间里空无一物，更不用说那个一身黑衣的家伙了。

不，不可能，那家伙不可能就这么凭空消失。窗前挂着厚厚的窗帘，尽管没风，却在微微摆动。那家伙就藏在窗帘后边。他肯定是打算翻窗逃走，可没想到窗外有铁栅栏，见无路可逃，就只好藏在了窗帘后边。

明智径直朝窗前走去。

从之前的种种情况来看，凶手不是有勇无谋之辈，这次怎么会如此不小心让自己深陷绝地呢？难道他只是假装逃跑，故意把明智引到这个空房间里来？但此时，就连鼎鼎大名的大侦探明智小五郎也没有想到这些，他已经完全沉浸在胜利在望的兴奋之中了。

"好了，你跑不了了，继续躲在那里毫无意义，快出来吧。"

明智像往常一样，声音平静。

那家伙没有回答，而是从窗帘后边探出了那张黑色面罩包裹着的脸，发出了嘶哑诡异的笑声，然后从窗帘后边走了出来，一步步向明智逼近。

两人之间的距离只有不到一米了，明智甚至能够清楚地看到对方肩膀在呼吸时的微微颤动。

那家伙又往前走了一步，像蝙蝠扑打翅膀一样舞动着宽大的黑色长袍，香水味……

"啊，你是……"

明智不由得失声叫了起来，企图伸手抓住对方的肩膀。就在这时，长袍下火光一闪，随即一声巨响，仿佛整个房间里的空气都随之震颤起来。

"啊！"

明智惨叫一声，倒在了地上。

是手枪！凶手这次竟然带了手枪，而且开枪打中了明智。

见明智中枪倒地，那家伙一阵风似的蹿出了房间。

枪声惊动了仍然留在伊志田别墅的三个寄宿生，他们立即循声赶来，发现明智左肩中枪倒在地上。他用右手按住伤口，可血仍不停地往外涌，滴滴答答地落在地上。

"先生，挺住！"

当过刑警的寄宿生抱起明智大声喊道。

由于失血过多，明智已经说不出话来。他拼命挣扎着不让自己昏过去，艰难地从嘴角挤出几个字：

"浴……浴室……"

虽然不明白这话到底是什么意思，但除了抱着明智的寄宿生，其他两人还是立即冲向了浴室。

在走廊里，他们遇上了匆匆赶来的一郎。

"怎么啦？出什么事了？"

"有本医生受伤了，中枪了。"

"什么？"

一郎大吃一惊，连忙朝他们说的那个空房间跑去。

两个寄宿生跑到浴室门口，但由于害怕，谁也不敢先进去，只能站在那里相互推诿，盼着能有其他人赶来。

不多时，一郎端着粗气跑来了。他是查看过明智的伤势后，听留在那里的寄宿生说起浴室的事后匆匆赶来的。

"喂，你俩磨磨蹭蹭地在干什么？还不快进去！"

看到来了救兵，一个寄宿生一下推开了浴室

门，三个人几乎同时冲进了更衣室。

一郎打开开关，灯亮了。

更衣室与浴室之间隔有一扇磨砂玻璃门，再推开磨砂玻璃门，三个人几乎同时惊呼出声，随即直愣愣地站在浴室里，全身直打哆嗦。

惨　剧

浴池里一片猩红，一具女尸漂浮在上面。

"你们快去把爸爸和姐姐叫来！还有，把女佣们也叫来！"

一郎终于回过神来，命令两个寄宿生。

死者是一郎的继母，是一个三十出头的美人。尸体仰面浮在浴池里，被捣烂的眼眶还在往外冒着血。致命伤是胸口的一刀，看位置，应该是直接刺穿了心脏。

很快，铁造、绫子和女佣们都赶来了，把伊志田夫人的尸体转移到了她自己的房间。

明智受伤颇重，必须马上送医院急救。按照明智本人的意思，给他的一位朋友经营的外科医院打了电话，医院立即派来救护车，把他接走了。

警方也在第一时间接到了伊志田家的报警。中村警部带着部下赶来，对别墅进行了彻底搜索，还是没找到任何线索。

别墅里的所有人都一一查问过了，所有出入口也都详细地调查了一番，可凶手到底是从哪里潜入别墅的，又是怎么出去的，完全不明所以。就连院子里也没有留下脚印之类的东西。

凶手刺伤了一郎，开枪打伤了明智，还杀害了伊志田夫人。作为一家之主的伊志田铁造自不必说，其他人也切实感受到了悲哀与恐怖。

谁都不会相信世上有妖怪的存在，但接二连三的惨案，让人不得不胡思乱想。尤其是大家最为依仗的大侦探明智小五郎竟然也重伤入院了，而且警方至今也没制定出相应的对策。

人们就在这样莫可名状的焦虑与不安中度过了三天。在此期间，吊唁伊志田夫人的人来来往往，家中十分嘈杂喧闹，大家的注意力也多多少少被分散了。

葬礼后的第二天，也就是浴室命案发生三天后的晚上八点左右，已经完全康复的一郎来到二楼父亲的书房，与父亲铁造讨论今后家里的警戒和对策。之前离开的两个寄宿生已经回来了，加上中村警部安排的一位留守警官，一共有六人充当守卫，但一郎还是不放心。

"纵然如你所说，即便这样也还是难保万无一失，但除了这些，你还有什么更好的办法吗？"

父亲铁造似乎没有一郎那么紧张。

"我们搬家吧，爸爸。我觉得这栋阴森诡异的别墅已经不能再住了。凶手说不定就是一直隐藏在这房子里的幽灵怨魂呢。我总觉得，那家伙就躲在我们看不见的阴暗角落里，等着下一次出手的机会呢。"

一郎极力主张搬家。

"嗯，你这主意，我也不是没考虑过。不过，如果就这样搬出我们住了这么长时间的房子的话，就好像我们败给了那家伙，认输逃走了一样。我可不甘心那样。而且，你总说什么幽灵，可这种东西是不可能存在的。凶手肯定也是个人，只不过极其狡猾，不好对付。既然是人，我们总有办法对付。你说你总觉得那家伙在等着下一次出手的时机，这一点我也同意。实际上，我就是在等他再次出手，只有这样，我才有机会亲手抓住他，为你们的妈妈报仇。"

伊志田铁造说得十分坚定，仿佛在向天发誓。

"但是，我……"

一郎想说什么，却突然闭口不言了。

父子俩面面相觑。

是枪声，来自别墅里的某个地方。

"好像是楼下。"

"走，快去看看。"

一郎抢先冲出房间，朝着枪声传出的地方跑去。他刚冲下楼梯，一个寄宿生惊慌失措地迎面跑来。

"不好啦！真理子她……"

"什么？真理子？难道她也……"

"她倒在房间里了。"

真理子的房间就在绫子房间的隔壁。一郎推开绫子的房门，房间里空无一人。他又冲到真理子的房间，只见她倒在房间正中央的地上，一动不动。

"真理子，真理子，你怎么了？"

一郎大声叫着妹妹的名字，想要扶着她的肩膀让她坐起来，手心马上感到了一片湿热，是血！再仔细一看，真理子胸口中枪，子弹射穿了心脏，已经完全停止了呼吸。

"喂，过来！"一郎叫过一个站在走廊里不知所措的寄宿生，"你看见开枪的家伙了吗？"

"没、没有……我是在走廊里巡逻的时候，突然听到枪声，立刻推门冲了进去，只看到真理子小姐倒在血泊里，其他什么人都没看见。"

"难道是从窗户逃走了？"

说着，一郎跑到朝向院子的窗户旁边，仔细查看。窗户关得好好的，还从里面插着插销。除此之外，能从这个房间出去的就只有通向走廊的门了。

"奇怪，窗户是从内侧插上插销的。听到枪声时，你所在的位置能看见这扇门吗？”

“能，我当时就在隔壁房间门前，如果凶手从走廊逃走，我肯定能发现他。”

“门是关着的吗？”

“是的，我进来之前，一直都是关着的。”

难道那家伙又躲在了窗帘后边？但真理子房间的窗帘可没有那么大。桌子下面和大衣橱背后全都仔细搜查过了，没有发现什么可疑的迹象。

一郎还检查了天花板，甚至地毯都翻开看过了，也没有发现什么秘密通道。

随后赶来的伊志田铁造抱起了女儿的尸体。这个一向刚强的男人，在接连的打击面前好像也被击垮了，茫然不知所措。

“肯定又是那家伙干的！我已经仔细检查过了，出入这房间的痕迹一点都没有留下。如果是从窗外朝房间里开枪，窗玻璃一定会被打碎的。那家伙真的就是个幽灵。爸爸，您到现在还不相信吗？”

一郎说这番话时语气特别激烈，显然是说给坚持不搬家的父亲听的。

就在这时候，站在窗前的寄宿生突然大喊：

"一郎，快看！快看那边……"

一郎循声看向窗外，院子里的树枝繁叶茂，在深沉的夜色中呈现出一抹更浓重的黑影。通宵亮着的夜灯昏黄黯淡，越发映得院子里朦胧一片。随着眼睛逐渐适应了院子里的黑暗，一郎发现院墙墙头有一个黑影。那黑影正在墙头动作，尽管十分模糊，仍然可以分辨出那是个人。那人就像表演走钢丝的杂技演员，在院墙上努力保持身体平衡，慢慢移动。

在如此浓重的夜色里，人脸本应是发白的，但那人的面部却一片漆黑。那一定是因为蒙着脸。身上的衣服下摆十分宽大，看起来好像把脚也遮住了，一定是穿着长袍或是披着斗篷一类的东西。

啊，一定就是那家伙！杀害真理子后，这恶魔又要逃到哪里去？

"爸爸，就是那家伙！快，快追啊！"

寄宿生和留守的警官立即打开窗户，跳到院子里追了上去。院子里的黑暗立时被交错的手电筒光分割得支离破碎，还有来回奔走的人影不时穿过光柱。有人甚至翻过院墙，去外面搜寻。一时间，院墙内外一片嘈杂。但那家伙不知逃到哪里去了，大家折腾了半宿，连个影子也没找着。

寄宿生和警官终于放弃了，垂头丧气地回到了屋子里。

正在这时，外出的伊志田绫子回家了。得知妹妹的死讯后，立即冲到了真理子的房间，扑在尸体上放声痛哭。

"姐姐，你到哪里去了？这么晚了还在外面不觉得很危险吗？"

一郎好像在质问绫子。绫子抬起沾满泪水的脸，直愣愣地看着弟弟，什么也没说，反而露出了一个诡异的微笑。

机　关

伊志田真理子被杀的第二天，一郎去了明智养伤的外科医院。他想向明智报告昨晚发生在家里的惨剧，同时请教今后的对策。

明智的伤势比想象的要严重得多，院方只允许他躺在床上会见来访客人。护士离开后，一郎坐在明智床头边的椅子上，详细讲述了昨晚发生的情况。

"哦，你是说那家伙在狭窄的围墙上走过？"

明智好像对此很有兴趣。

"是的，大概是想翻墙逃走。那家伙就像个杂技演员，在围墙上至少走了两三米。可是为什么要那样做呢？"

"是为了在你们面前炫耀，告诉你枪杀真理子小姐的是他，不是别人。既没有子弹从窗外射入的痕迹，房间里也没有暗道，但他却达到了目的，并且全身而退。他在围墙上行走，就是为了告诉你们这些。对了，你们发现什么线索了吗？"

"有，我发现了一件让人十分吃惊的事情，明白了凶手的犯罪手法。"

"你发现了凶手的犯罪手法？"

"是的，不是警方，是我发现的。"一郎似乎十分得意，涨红了脸，"今天一早，我就去了真理子的房间仔细搜查，发现真理子的房间与绫子的房间之间的墙上有一个小孔。您知道，她们的房间是紧挨着的。我不知道为什么会有那么一个小孔，也许是以前的房主特意设置的。小孔两侧的墙上都挂着木刻的动物头部作为装饰，这样一来就完全遮住了小孔，完全不会被人发现。这房子很奇怪，每个房间的墙上都挂有这种木刻装饰，所以并不会让人觉得突兀，根本不会想到它们是用来遮挡小孔的。"

"哦，原来还有这种机关，也可以说是秘密窥视孔。像你们家这种很有历史的老房子倒是很像会有这种机关的建筑呢。绫子和真理子知道吗？"

"好像她俩都知道。我问过绫子，她说她经常和真理子卸下两边的装饰挂件，对着小孔说悄悄话。"

"嗯，那你对这个秘密窥视孔是怎么考虑的呢？"

明智以非常专注的神情，盯着一郎的脸继续问道。

"我是这么想的。一开始，那家伙就躲在绫子的房间，从秘密窥视孔里偷看真理子的动静。装饰挂件只有上端是固定的，移开之后，只要一松开手，就会自动恢复到原来的位置。所以，那家伙很有可能模仿绫子的声音，真理子信以为真，像平时那样将装饰挂件移开，就在这时候，凶手开枪击中了她的胸口。之后，装饰挂件自动复位，没留下任何痕迹。"

"哦，原来你是这么想的。那么，绫子小姐房间的窗户是关着的还是开着的？如果是关着的，窗户内侧是否插上了插销？"

"您是问绫子的房间吗？先生，我也去调查过了。调查结果让我感到有点为难，致使我的推理陷入了僵局。窗户内侧插上了插销，凶手不可能从绫子的房间逃走。绫子的房间和真理子的房间一样，除了窗户之外，只有通往走廊的门可以出入。而且那扇门和真理子房间的门是紧邻的，如果凶手从门口逃走，走廊里的寄宿生不可能没有察觉。"

"嗯，看来是密室犯罪！你觉得应该怎样解释？"

"这，我有一个很可怕的想法。今天拜访先生，就是想请您听一下我这个可怕的想法，并请先生帮我分析一下。"

"那你就说说看吧。你是在那个窥视孔里找到线索的吧？"

"是的，我发现小孔内侧有钉过铁钉的痕迹，应该是为了在小孔里安装什么东西。大概是在铁钉上缠上铁丝，然后再用铁丝固定。"

"微型手枪？"

"我是这么想的。在真理子房间的装饰挂件背

110

后固定好铁丝，一直连到微型手枪的扳机上，只要真理子一打开挂件，就会拉动扳机。窥视孔的位置恰好就在真理子胸部的高度，因此，我的想法虽然离奇，却也不是完全没有可能。"

"真理子小姐倒在什么位置？"

"就在窥视孔前。"

"这么说，你的推理也许是正确的。你说的那种杀人方法，国外也有人用过。你应该也设想过到底是谁设置了这个机关，并对自己的想法感到害怕吧？"

"是的，我甚至不敢说出口。哪怕是对先生您，只是说出这个想法就让我觉得十分可怕。不过，不管怎么说，我还是要把它说出来。并且，如果可以的话，请先生指出其中的错误。

"自从发现窥视孔里的线索之后，我就一直在想到底是谁设置了这种机关。有谁能够进入真理子的房间设置机关，并在适当的时候让真理子自己打开装饰挂件呢？

"还有，为使这个杀人方法得以成功，需要在适当时候说服真理子打开窥视孔上的装饰挂件。那么，跟真理子亲近的人是谁？还有，能让真理子很自然地接受这样的命令。那么，谁能让真理子自愿打开窥视孔呢？"

种种迹象表明，一郎的想法是正确的，就连明智也不得不点头表示同意。

但如果他的想法是正确的，那么一个出乎所有人意料的人就会成为犯罪嫌疑人。能够神不知鬼不觉地设置机关，并让真理子自己触发的，只有真理子隔壁房间的绫子。

此刻，一郎英俊的脸扭曲着，好像马上就要哭出来了。他那张平时就没有血色的脸，现在更加苍白了，看起来就像一个久病的病人。

"看来，你是在怀疑那个人？"

躺在床上的明智用平静而充满同情的声音询问道。

"嗯，虽然难以置信，但排除所有可能之后，唯一能够成立的结论就是这个。是不是我的推理在哪里出错了，我想听听先生的高见。"

"我觉得你的想法不一定完全正确。不过……遗憾的是，那个人身上还有其他我暂时不能跟你说的疑点……"

明智说到这里没有继续下去，似乎感到为难，不知道该不该把那天晚上的情况告诉一郎。

"什么？还有其他疑点？您是指……"

"我还没对你提起过，但你父亲清楚。不对你说也是出于无奈。既然事情已经发展到这一步，不妨把那晚的事情告诉你。那天晚上，你发现塔顶窗户有可疑的亮光，我便赶去调查。"

"嗯，我记得。当时先生过了好长时间才回来，我就觉得肯定发现了什么。我反复询问，但您一直含糊其词。"

"那是因为当时你的身体还没有完全康复，如果我告诉你实情，过于激动会影响伤口恢复。其实，那天晚上，站在塔顶窗前用手电筒打信号的人就是绫子小姐。我在暗中看到了她的脸，并且确认她回到了自己的房间。还有，不知道为什么，那天晚上绫子小姐身上的香水味特别浓烈。"

明智把那天晚上看见的情况如实告诉了一郎。

"你父亲对绫子小姐进行了严厉的盘问，可她矢口否认，最后竟然大哭起来。由于她情绪过于激动，根本没办法再问下去，事情就这样不了了之了。但是，我确实没有看错。退一步说，即便她去塔顶与本案无关，但她深更半夜在塔楼上向某人发送秘密灯光信号的事实是不容否认的。"

"竟然还有这回事。但是那只能说她行为怪异，还不能成为直接证据。"

"是的，如果只说那天晚上的情况……"

明智意味深长地看着一郎说。

"您这么说，难道还有其他情况吗？"

"发生浴室凶杀案的时候，我把那个一身黑衣的家伙逼到了空房间，跟他对峙了好一会儿。那时候，我又闻到了那种非常浓烈的香水味。"

说到这里，明智又停住了，一动不动地盯着一郎的脸。一郎似乎大吃一惊，脸色大变，也回望着明智。两人沉默地对视了许久。

那个一身黑衣的家伙是伊志田绫子？那肥大宽

松的长袍下竟是如此年轻漂亮的女子吗？还有那嘶哑恐怖的声音也都是她刻意伪装的吗？而且被杀害的都是她的家人。使弟弟受了重伤，还杀死了自己的母亲和妹妹。她到底为什么要这么做呢？

"我不能相信。不管有多少证据，我也不能相信绫子会做出那么可怕的事情来。"

一郎浑身颤抖，似乎是要拼命说服自己。

明智点点头。

"我们从头开始分析一下吧。你曾和那家伙扭打成一团，对吧？回想一下当时的情形，不管当时如何激动，但对方是男是女，总还是可以判断出的吧。"

不知为什么，一郎似乎暗中吃了一惊，犹豫着半晌没有回答。过了好一会儿，才用一种有气无力的声音十分暧昧地回答道：

"当时的情形我已经记不清了，当然，当时我无论如何也不会想到对方可能是个女人……"

"也就是说，从一开始，就没有能够排除绫子小姐嫌疑的有力证据。那天，我发现那个凶手隐藏在窗帘背后，并追了上去。但是，那家伙在你祖母的房间前消失了。我没有犹豫，立刻进房间搜查，并询问了老夫人，问她有没有看到什么人，当时她回答说没人进来过。我当时也想过，会不会是因为是老夫人认识的什么人，所以她才帮凶手打了掩护。当然，关于这一点，我没有任何证据。但如果凶手真的是绫子小姐，那我的假设就有可能成立了。这样一来，对绫子小姐就很不利了。请问，老夫人是不是很宠爱绫子小姐？"

"是的。我们姐弟三人中间，祖母最喜欢她。"

又是一阵沉默之后，明智接着刚才的话题继续说：

"发生第二起浴室凶杀案的时候，在我追赶凶手的过程中，再次闻到了那股浓烈而熟悉的香水味。这又是一个对绫子小姐不利的情况。第三起真理子小姐被枪杀案，是你发现了墙上的秘密窥视孔，能利用窥视孔设置机关杀害真理子小姐的，就目前掌握的情况来看，犯罪嫌疑人也只能假定为绫子小姐。杀害真理子小姐后，那家伙竟然在围墙上向你们示威，然后绫子小姐就从外面回来了。这种时间上的巧合实在不能不令人怀疑。还有之前在塔顶的可疑行径。如果绫子不是你姐姐，这个时候已经可以将她作为嫌疑人拘捕了。但……"

所有的疑点都指向了绫子。然而越是这样，就越使人难以相信。无论如何，也无法将二十出头的柔弱女子同如此血腥暴力的犯罪行为联系在一起。很难相信她会有那样的能力，更不要说她根本就没有犯罪动机。

"作为她的弟弟，我很难相信这是事实。可按照您刚才的分析，嫌疑人只可能是她。难道，是那种看起来与正常人一般无二的精神分裂症？"

一郎给出了一种全新的解释。

"你是说双重人格？"

"嗯，如果不这么考虑，事情似乎无论如何也解释不通。"

发　现

　　"你竟然连这都考虑到了。"明智似乎有些讶异，"当然，不是说这种情况不必考虑，但是我想在那之前，我们还有一个谜题需要解开，那就是，凶手是不是有同伙。不，与其说同伙，倒不如说是幕后操纵者。把年轻女子推到前台，自己则躲在暗中操纵指挥。会不会有这样一个人存在呢？绫子小姐在塔顶上利用灯光信号与外面的某人联系，这样的情况应该不仅仅是那一晚，之前或者之后可能都有。那么跟她联络的到底是谁呢？我认为把绫子小姐定为犯罪嫌疑人之前，首先必须弄清楚这个问题。"

"先生原来是这么想的。我不知道塔楼上的事，所以没想到这一点。我赞同先生说的，要先弄清楚这个问题。"

一郎似乎如释重负。

"自从发现绫子小姐在塔顶与某人秘密联络之后，我在你家住了三天，每晚都会留心观察你家里的所有动静，接连三天什么也没发生。之后，我受伤住进了医院。整整两天，剧烈的伤痛使我无法思考任何问题。直到前天，我的伤痛才稍稍减轻，首先就想到了这事，便让助手每天晚上守在院子外监视。并吩咐助手，如果塔上再出现那样的灯光信号，一定要找到那个接收信号的人。"

"原来如此。先生为我们家考虑得太周到了！"

一郎的脸上露出吃惊的神色，感谢明智的良苦用心。

明智继续往下说：

"那家伙为什么会对我开枪？当然是被逼得走投无路了。但我想还有一点，就是由于我住在你家，凶手就不能按部就班地实施计划了，所以要让我暂时离开。那家伙绝不是失手，如果当时想置我于死地，完全可以对准我的要害部位开枪。可他没这么做，只是朝我肩膀开了一枪。我想，这大概是因为我原本就不在他的杀人名单之中。那家伙应该是想趁我不在，实施预定的犯罪计划。我现在是鞭长莫及，你可要多留神！还要小心你父亲和祖母，家里一定不要放松警戒。"

"知道了。真理子被害后，中村警部非常担心，又增加了警力。我曾对父亲建议，与其在这么可怕的房子里提心吊胆地过日子，还不如尽快搬到别处开始新的生活。可父亲因为继母被杀，心中充满了仇恨，发誓一定要亲手抓住凶手，说什么也不愿意搬家。"

"搬家虽然也是一个办法，但既然已经被凶手盯上了，恐怕即便搬了家也不能完全摆脱危险。最重要的还是要加强警戒。还有，一定要密切关注绫子小姐的动向。如果发现她再次进入塔楼，千万别疏忽！"

明智毕竟还没有痊愈，近来食欲不佳，身体十分虚弱，这时已经疲态尽显了。于是，一郎起身告辞。

"今天就不打扰您了，请保重身体。"

"谢谢，你也多保重。"

一郎走后，明智重新躺好，完全放松了身体，双眼微闭，不像是睡着了，倒像是陷入了某种沉思。护士见病人没什么吩咐，便坐到椅子上看杂志。病房里非常安静，就这样过了大约半个小时。

"啊，原来如此，那是我的侦查盲点！"

躺在床上的明智突然叫了起来。

"您怎么啦？"

护士连忙从椅子上一跃而起，跑到明智床边。

"对不起，对不起。我刚才一直在思考问题，忽然间有了新的发现，于是不由自主地叫了出来。"

"是这样啊。不过，过度用脑对您的康复很不好，您还是稍微睡一会儿吧。"

"哈哈，怎么也睡不着啊。思考是我的恋人，就在刚才，我找到了一个绝妙的恋人。护士小姐，你每天都会接触各种各样的家庭，要知道，不管什么家庭，都有人前人后的两种样子，人后的样子特别有意思。而我的工作，就是在人后的样子的基础上再深挖，找出更深处的故事。哈哈哈……"

明智伸手梳理着由于卧床而略显凌乱的头发，满脸神采飞扬。苍白的脸上泛起兴奋的红色，双眼闪闪发光。

究竟是什么新发现，竟能让大侦探明智小五郎喜不自禁？当然是伊志田家连续凶杀案的新线索。

"护士小姐，能不能马上帮我打一个电话？不，不是打到我家，而是打给一个叫越野的人。地址是麻布二七一○号的有明庄公寓。请他立刻赶到这里，我有急事找他。明白了吗？"

护士看着孩子般高兴的明智，认真记好号码，就离开病房打电话去了。

"啊，我为什么一直没注意到呢？如果早发现这一点，就不会出现这么多牺牲者了。越野能出色完成任务吗？如果能亲自去就好了。可现在，恐怕不会被允许外出的。"

明智看起来十分焦躁，一边挠着头发，一边自言自语。

监　视

　　第二天深夜，伊志田别墅院外又发生了一件怪事。

　　伊志田别墅周围是一大片荒草丛生的空地。深夜十一点，这片空地上的夜色掩映的树木背后，隐隐约约传出人的呼吸声。

　　那人大约二十出头，头戴鸭舌帽，身穿藏蓝色立领上衣，一动不动地隐蔽在大树后，看上去好像在等什么。他不时站起身来，静静地注视着伊志田别墅塔楼三层的窗口。

　　这个年轻人就是大侦探明智小五郎的得力助

手小林芳雄。虽然年纪不大，可已经跟随明智身经百战，并且屡立奇功，是明智不可或缺的左膀右臂。在医院里，明智对一郎提起的监视塔楼的人就是他。

小林的监视已经持续两天了，但始终没有看到明智交代的灯光暗号。

"今晚又要白等了吗？啊，信号早点出现就好了……"

此时已近春末，夜晚的温度并不低，蚊虫却还不多，而且月色明亮，守在外面并不难熬。但连续两个晚上什么都没有发生，实在有些无聊，小林努力抵挡着不时袭来的睡意。

不过，今天晚上，刚到十一点，塔楼三层的窗口就透出了光。

"啊，终于出现了，就是它！"

夜色中，高耸的塔楼顶层，有光亮隐约可见，而且正以某种独特的规律闪烁，肯定是某种联络信号！

这信号是发给谁的呢？查清这一点正是明智交

给小林的任务。

小林将目光从塔顶收回，转而在别墅周边的黑暗里搜寻。

啊，是那里！空地左边的角落也出现了一亮一灭的亮光。

塔顶的亮光和空地上的亮光彼此呼应，一亮一灭地持续了好一会儿，然后似乎已经交换完了信息，同时消失了。直到这时候，刚才一直认真观察灯光信号的小林才从隐身之处出来，径直朝空地左边的角落走去。他尽量不发出任何声响，一路上借助杂草树木的阴影隐蔽身形，有时甚至匍匐前进。

就在他刚刚前进了大概二十米的时候，前方突然闪出一个人影。有人正朝这边走来。

"难道这就是那个跟伊志田绫子秘密联络的家伙？"

小林连忙伏下身子，对方似乎并没发现他，径直朝伊志田别墅走去。

借着月色，小林看到那人个头很高，身材匀称，是一个年轻男子。身着西装，头戴呢帽。虽然看不清长相，但肯定没戴眼镜，也没留胡子。

那人弯腰拾起一个不知被谁扔在地上的破木箱，搬到别墅围墙下，当作踏板，轻巧利落地翻上了墙头。

小林紧张起来，心咚咚直跳，视线紧跟着那人的背影。不一会儿，那人仿佛被黑夜吞没，消失在了围墙里。

小林立刻站起身来，踮起脚尖跟了上去，借着破木箱顺利爬上了墙头。然后手扒墙头，向院子里看去。只见那人正从大约十米开外的一棵大树下经过。

小林轻轻跳到院子里，也以院子里的树木为掩体，与那人保持着四五米的距离，跟在后面。

不一会儿，两人一前一后来到了塔楼前，那人径直朝塔楼走去。小林抬头看向塔楼，发现一楼窗口有模模糊糊的白影在晃动。

是人影，好像是女人。

"啊，那多半是凌子小姐，她在等这个年轻人。"

小林挑了一处尽可能靠近塔楼的树丛躲在后

面。这时，青年已经来到窗下，接着传来了轻轻的说话声。具体内容听不清楚，只见白色人影倚着窗框，那人踮起脚尖，两人窃窃私语。中间有一小会儿短暂的沉默，接着就听到突兀的一句：

"啊，畜生！"

与之前的轻声细语不同，这一句虽然声音不高，但听起来说话的人很激动。

紧接着，静谧的夜里突然响起了可怕的枪声。

小林大吃一惊，赶紧环顾四周，并没有看见持枪射击的人，只见站在窗外的青年摇摇晃晃地瘫软在地上。

小林惊呆了，不知道塔楼窗前究竟发生了什么情况。难道是自己的错觉，那青年只是蹲了下来？再看塔楼的一楼窗口，白色的人影已经消失无踪了。

周围又恢复了刚才的宁静。过了好一会儿，也不见有人赶来。

小林从藏身处出来，一边密切注意周围的情况，一边朝窗前靠近。

倒在地上的青年一动不动，似乎已经死了。小林此时已经顾不了那么多了，来到青年身边，碰了碰他的胳膊——一点反应都没有；又摸了摸他的胸部——湿热黏腻，小林缩回手凑到鼻子前闻了闻——是血！

青年胸部中弹，已经气绝身亡。

小林没时间思考，连忙站起身来大喊：

"快来人啊！快来人啊！这里出事啦！"

失　踪

听到小林的喊声，主屋里亮起了灯，然后传来了开门的声音，杂沓的脚步声越来越近，好像有两三个人正向这里赶来。

走在前面的是寄宿生，打着手电。

"怎么啦？喂，你是什么人？在这里干什么？"留守的警官大声呵斥道。

"我是什么人，等一下再解释。现在，请赶快检查一下他的伤势。"

"什么，枪伤？刚才的声音果然是枪声。这人是谁？从没见过。他怎么会到院子里来的？"

来人举着手电筒看了看，胸部中枪，打中了心脏，外行人也看得出来已经没救了。

这时，伊志田铁造也赶了过来。

"伊志田先生，您认识这青年吗？"警官问道。

铁造弯下腰，仔细看了看尸体的脸，然后摇摇头说：

"不，不认识，从没见过这人。"

"是这个青年大声喊叫通知我们的，您认识他吗？"

"咦，这到底怎么回事？喂，你是从哪里来的？是不是这个人的同伙？"

铁造似乎把两人当成了晚上来偷东西的小偷了。

"不，我是明智侦探事务所的，叫小林芳雄。"

小林迎着铁造的目光，亮出了自己的身份。

"什么？你是明智先生的部下？嗯，是听说过大侦探身边有一个叫小林芳雄的年轻助手。可是，你为什么会出现在这里？还有，这人是怎么回事？"

小林于是把自己按照明智先生的吩咐在院外监视，一直到刚才发生的枪杀案简单说了一遍。

"你是说，又有人在这塔楼上发送信号……喂，快去叫一郎和绫子，叫他们在客厅等我。"

一个寄宿生应声离开，不一会儿又上气不接下气地跑了回来。

"一郎和绫子都不在家，到处都找过了。床上没有睡过的痕迹，女佣们也都说没见过他俩。"

"你说什么？那怎么可能！这样吧，你在这里保护现场，其他人都跟我回主屋。我去给警方打电话。还有，一定要尽快找到一郎和绫子。喂，小林君，你也一起来！"

伊志田铁造难掩焦躁，说完这些就率先朝主屋走去。

回到客厅，他又仔细询问了小林一些细节。在此期间，四个寄宿生和女佣们分头在主屋和塔楼里寻找，连厕所都找遍了。可奇怪的是，还是没找到一郎和绫子。

当地警署派来的警官很快赶到了，接着，警视厅的中村警部也带着部下赶来了。深夜的伊志田别墅灯火通明，院子里手电筒的光柱纵横交错，到处都弥漫着紧张的气氛。

根据法医鉴定，形迹可疑的青年男子被射中了心脏，当场身亡。尸体被暂时安置在主屋的空房里。

一郎和绫子依然下落不明。

根据小林的证词，应该是有人从塔楼里向外开枪的。于是，警方又对塔楼展开了详细调查，结果依然没有发现任何线索。

中村警部把寄宿生和女佣们集中在一个房间里，展开了讯问。

看见一郎和绫子出去吗？

他俩的房间里有过什么奇怪的声音吗？

没有一个人能说清楚。两个人的房间里没有打斗的迹象，房门都关得好好的。只能认为他俩是翻窗跳到院子里，再翻墙外出的。但无论一郎还是绫子，完全没必要采取那么愚蠢的行动。

根据小林提供的情况，中村警部命令部下调查了伊志田别墅周边的空地，很快找到了那名青年的家，从而确定了他的身份。

青年叫荒川庄太郎，是附近印刷厂的会计。家里父母尚在，父亲也是那家印刷厂的职工。对于儿子的奇怪行动，夫妇俩好像一点也说不上来，只是觉得儿子最近变了，经常旷工外出，有时候甚至深夜外出。在家的时候，从早到晚只是埋头看书。但他并没有有什么不良习气的朋友，也没有前科。

警方检查了荒川庄太郎看的书，都是法国小说，好像是个文学青年。

这天晚上，除了弄清了荒川庄太郎的真实身份外，一无所获。

中村警部带领部下回去了，决定第二天再继续调查。

案情变得越发复杂起来，虽说在塔顶向外发送信号的大概是伊志田绫子，可那信号究竟是什么意思呢？荒川庄太郎又为什么要潜入别墅呢？对他开枪的究竟是不是伊志田绫子？如果这个青年是伊志田绫子的同伙的话，她为什么要枪杀自己的同伙呢？如果是伊志田绫子杀了荒川庄太郎，那她畏罪潜逃是可以理解的，但一个年纪轻轻的女子又能躲在哪里呢？最令人感到不可思议的是，一郎也失踪了。

麻 药

　　第二天下午，前一天晚上跟中村警部来过的三岛警官又来到了伊志田别墅，说要在别墅里再进行一次彻底的搜查。伊志田铁造当即表示同意。在相继失去妻子和女儿真理子后，现在绫子和一郎也下落不明。家中发生的一连串事件，使得伊志田铁造一下子苍老了许多，整天神情沮丧，怅然若失。

　　在伊志田铁造的引导下，警方先搜查了事发现场和塔楼内部，然后是一郎和绫子的房间。然而，结果还是跟昨晚一样，什么线索也没找到。

　　"慎重起见，我还想搜查其他所有房间……"

警官提出要求后，伊志田铁造二话不说，领着他们挨个房间搜查。一楼总共有大大小小八个房间，一直到第七个房间，还是什么都没有发现。只剩下最后一个房间，也就是位于连接主屋和塔楼的走廊入口处的空房间了。

　　"这是个空房间，堆放着一些平时不用的桌椅。"

　　"昨晚也搜查过这里，可毕竟当时是用手电筒照明，搜查得很不仔细。"

　　三岛警官边说边推开房门朝里走。

　　房间里堆放的都是一些陈旧的桌椅杂物，其中一侧角落里垂挂着很厚的布帘。三岛警官径直朝那里走去，伸手"哗"地拉开了布帘。就在拉开布帘的一瞬间，他"啊"地惊叫出声，不由得连连后退。原来，布帘后的杂物之间趴着一个男人。

　　伊志田铁造被三岛警官的叫声吓了一跳，几步赶了过来。

　　"啊，是一郎！一郎，你怎么啦？"

　　"他是一郎？"

　　"是的。快检查一下他是不是受伤了。"

三岛警官帮着铁造把趴在地上的一郎翻过来，全身上下都仔仔细细检查了一遍，没发现有什么伤口。

"一郎！快睁开眼睛！喂，一郎，一郎！"

铁造使劲儿摇着一郎的肩膀。过了好一会儿，一郎嘴里发出了一连串含混不清的声音，慢慢睁开了眼睛。

"啊，醒了！喂，振作点！这到底是怎么回事？"

铁造还是不停地摇晃一郎的肩膀，好让他快点清醒过来。

一郎好像终于清醒了过来，由父亲扶着坐了起来。

"这位是？"

一郎看向站在一旁的三岛警官。

"他是警察。"

听到铁造的回答，一郎惊愕地瞪大了眼睛。

"那，是不是又出事了？……绫子呢？她怎么样了？"

"你为什么这么问？绫子怎么了？你知道她的

情况吗？"

铁造觉得一郎可能知道绫子的情况，一个劲儿地追问。

"不，我不知道。我只是想，她没出什么事吧？现在，她在哪儿？"

"这以后再说。先回答我，你怎么会在这里？"

"怎么会在这儿？我也不知道。只是感觉好像昏昏沉沉地睡了好长时间。今天是几号？"

"几号？你昨晚不是还和我一起吃晚饭的吗？"

"是吗？那今天是第二天了啊。我在这儿已经整整一个晚上了。昨晚十一点之前的事情，我还记得很清楚。"

"十一点？正是凶杀案发生的时候吧？"

三岛警官忍不住插嘴问道。

"什么？凶杀案？谁被杀了？"

"这儿不是说话的地方，先回房间去。你自己能走吧？"

铁造柔声问道。一郎点点头，摇摇晃晃地站了起来。

"有点儿头晕，但是……没关系。"

铁造和三岛警官一左一右搀着他来到客厅，让他在沙发上坐下。女佣遵照铁造的吩咐端来葡萄酒和水。

铁造把昨晚的事对儿子说了一遍。一郎听得目瞪口呆，他喝了口葡萄酒，然后才开始讲起自己的事：

"昨天晚上快十一点的时候，我听见我的房门外有脚步声。我觉得奇怪，因为脚步声是朝塔楼那里渐渐远去的。我想，肯定是什么人偷偷到塔楼去了。我听明智先生说起过，绫子曾在塔顶的房间用灯光暗号秘密与外面的什么人联络，他还嘱咐我要多留神。当然，我相信绫子，她不可能是杀人凶手。一定是什么人冒充绫子。说是绫子干的，简直难以想象。"

一郎好像突然想起了什么，兴奋起来。

"绫子怎么样了？到底发生什么事了？"铁造不安地皱起眉头追问。

"是这么回事。当时，我觉得奇怪，又想起来明智先生的交代，便悄悄下了床，来到走廊里。因为我是等脚步声远去之后才出来的，所以当时走廊里已经空无一人了。可是，肯定有人去了塔楼。于是，我蹑手蹑脚追了上去。通往塔楼的走廊里的灯都关了，走廊里一片漆黑。现在想想，大概就是走到那个空房间门外的时候，我突然感觉背后好像有人。因为我一心认为自己是在后面跟踪别人，所以对背后毫无防备，不由得吓了一跳，停下了脚步。刚要回头，没想到背后那人动作更快，一把抱住了我，同时我的鼻子和嘴被一块大毛巾捂住了。我也说不清楚那究竟是什么味儿，反正很浓很呛。很快，我就觉得身子越来越沉，仿佛在渐渐沉入大海深处。现在我明白了，那是麻醉剂。随后就是各种各样的梦。一定是袭击我的人把神志不清的我弄到了那个空房间里，藏到了帘子后边。我就知道这些。但我无论如何也不相信是绫子干的，她也不可能有那种麻醉剂。"

一郎一口气说完，筋疲力尽地瘫坐在了沙发里。

"原来是这么回事。照你这么说，为了不让你妨碍他们，凶手才对你使用了麻醉剂，让你在那间空房间里待了整整一晚。然后才继续上到塔楼里发信号去了。随后，荒川庄太郎根据凶手的信号翻越围墙来到塔楼下，被躲在暗处的凶手开枪打死了。但是，这样的解释很难说得通啊。绫子小姐为什么要弄晕自己的弟弟，再骗荒川庄太郎过来杀死他？"

三岛警官眉头紧锁，似乎是在自言自语。

铁造一边点头表示赞同，一边附和道：

"是啊，我也无法想象绫子会干出这样的事来。明智先生曾说看到绫子登上塔楼朝外打信号，我想他可能看错了，于是叫来绫子，当着明智先生的面问她，她始终不承认去过塔楼。我不是偏袒自己的女儿，但我不认为绫子会撒谎。说绫子杀害继母和妹妹，这是绝对不可能的。她为什么要干那种蠢事？"

昨晚小林的证词，好像是说伊志田绫子开枪打死了荒川庄太郎。铁造说什么也不相信。

"不管怎么说，必须找到绫子小姐。如果是被凶手绑架了，更不能拖延，要尽快将她救出来。即便不是绑架，只要找到绫子小姐，也许就能弄清楚荒川庄太郎的死因。找到绫子小姐是现在的头等大事。"

三岛警官下了结论。

"但是，绫子到底去了哪里？一点线索都没有。"

"不，现在还没到失望的时候，我们还有许多没搜查的地方。从现在起，我们要对那些地方展开彻底的搜查。再说，我们还可以采取其他许多手段。比如，即便凶手绑架了绫子小姐，即便是深夜，也不可能扛着她走的，肯定要使用什么交通工具，多半是汽车。因此，我们不妨先调查车库和司机。然后还可以询问这附近的行人。当时虽然已是深夜，但应该还有值夜的、卖荞麦面的等等。我们还可以询问附近的居民。如果这些人中有人见过可疑人物，我们就可以以此为契机，进一步展开调查。"

三岛警官为消沉的伊志田铁造打气鼓劲。

潜　逃

　　这时，中村警部打来电话，三岛警官接完电话后，一脸兴奋地回来了。

　　"果然不出所料，找到那辆车了。"

　　"什么，汽车？"父子俩同时大声问道。

　　"是的。报案人说他是看了日报后才得知昨晚发生的凶杀案，现在正在向警视厅讲述昨晚的情况，他是那辆车的司机。已经要求把司机带到这里来了，一会儿就到。"

　　"是说绫子坐过那辆车？"

　　"是的，他说在这附近载过一个年轻女乘客。

服装也说对了，时间也正巧是十一点左右。"

"是被凶手绑架了？"

"没有，这有点奇怪。司机说女乘客是独自一人。虽说有点不合逻辑，可其他情况说得都对。"

"那，那辆车去了哪里？"

"司机说是去了芝町的高轮。具体什么路名，他一时说不上来。其实，我们只要去一次就可以知道了。据他说，那名女乘客只是让他朝品川方向开，当车驶到高轮后，突然说'到这儿就行了'，就下车了。那司机是开车去警视厅的，一会儿等他到了，我们一起上车，让他沿着昨晚的路线重走一遍。"

对于伊志田铁造来说，这算不上值得高兴的消息。如果绫子是独自一人，说明她没有遭绑架，而是根据她自己的意志在行动。也就是说，绫子犯罪后潜逃了。

父子两人谁也没法把这话说出来，只是十分不安地看着彼此苍白的脸。

大约三十分钟后，司机载着一名警官来到伊志田别墅。三岛警官将司机带入客厅，让他辨认伊志田绫子的照片。

司机拿着照片端详了一会儿说："那名女乘客一直遮着自己的脸，因此不能十分肯定，不过跟这个人很像。"

三岛警官又问了许多问题，但除了之前在电话里中村警部所说的之外，没什么新的内容。

两名警官坐上司机开来的车走了，去调查疑似伊志田绫子的那个女乘客的下车地点。

汽车沿着京浜国道行驶，驶过高轮接近品川时，司机开始减速。

"确实是在这条路上转弯的。啊，我想起来了，就是那条街，我还记得那家商店的招牌。"

司机自言自语。汽车拐进那条街之后大概又行驶了三十米左右停了下来。

"没错，就是这里。当时，车刚驶过邮筒，那女子便说停车，我就把车停了下来。肯定是这里，我记得很清楚。"

"那她下车后朝哪个方向走的？"

"这我倒没有注意，好像是朝那边走的。当时交车的时间快到了，我急着赶回去，所以……"

"当时这一带商店还在营业吗？"

"大部分都关门了，好像有零星几家店还在营业。"

"这样吧，我们下车看看，你就在这里等我们。"

两名警官下了车，准备走访附近的商店。

"你认为她来这里干什么呢？"

"多半是到朋友家避风头，或者是找旅馆借宿。"

"这一带可没有什么旅馆，住到朋友家更不可能。如果我要潜逃，一定要让别人认不出才好。啊，就是这里，我一直在找这类商店。她肯定来过这里。"他们停步的地方是一家服装店，"想要掩人耳目，最简单的办法就是把衣服换掉。"

他们径直走进那家商店，三岛警官向店主递上名片：

"有事想向你打听一下，昨晚十二点左右，你们店是不是还开着？"

"嗯，是的。"

店主做这种生意，已经习惯了警方的调查，并不怎么吃惊。

"那么，昨晚大约在十一点半到十二点之间，有没有来过一个年轻女顾客？二十岁左右……"

"有，有一个年轻女子来过。虽说时间晚了一点，但毕竟是客人，我也不能把她拒之门外啊……"

"她都买了些什么？"

"一件丝绸混纺的和服，一条腰带，还有衬衣、袜子等，反正只要是身上穿的，里里外外买了一整套。"

"是在这里换的吗？"

"没有，包好拿走的，说是要参加化装舞会。今天早晨，听隔壁的上总屋鞋店说，那姑娘从我这里出去后，好像还在那儿买了一双草鞋。"

果然不出所料，潜逃者首先考虑的，是更换服装，或许她买了衣服和草鞋后，就在附近某处没人的地方换上了。

警官们在笔记本上详细记录下调查结果后就回到了车上。

"那么换装之后她又去哪儿了呢？我觉得她接下来会找家旅馆住下来。身穿旧衣服，一副农村姑娘的打扮，多半是找便宜的旅馆投宿。"

三岛警官好像是在对同事说，其实是在梳理自己的思路。

"如果真是潜逃，多半连旅馆也不会住，而是立刻乘火车远走高飞。但东京所有的车站一过十二点就不会有列车发出了，只能等天亮。深更半夜投宿也不会引起怀疑的旅馆就只有车站附近的旅馆了。那样的话，第二天一早赶火车也非常方便。我推测她可能会去品川车站附近投宿。特地来到这里，再去东京站、新宿站或者上野站，就说不通了。她选择高轮的服装店，就是因为这里距离品川车站最近。怎么样？我的结论就是，那姑娘应该就住在品川站附近的小旅馆里。"

"原来如此。那我们现在就去吧。"

"好，就去那里，逐一检查那一带的旅馆。司机，你辛苦了，能不能再跑一趟品川车站？"

"没问题。都到这儿了，反正也不远。"

司机十分爽快。

"她一身农村姑娘的装扮，多半会找一家日式的木屋小旅馆。我们就去这些简陋陈旧的小旅馆搜查。"

两名警官在品川站前下车后，开始对廉价旅馆逐一展开调查。这样的旅馆在品川站附近有十几家。当调查到第十一家叫"尾张屋"的小旅馆前的时候，还没进门，三岛警官就有一种奇怪的直觉，要找的人应该就在这儿。

进了门，递上名片，店主赶紧上前接待。三岛警官压低声音将伊志田绫子的相貌特征说了一遍，问昨晚半夜时分有没有这样一个姑娘来投宿。

"是有这么一个姑娘住在我们这儿。有什么事吗？"

"真的？她还在吗？"

三岛警官激动得声音都有些颤抖了。

"在，在二楼房间里休息呢，说身体不舒服。"

"不会弄错吧？她身上穿的，确实是我刚才说的那种衣服吗？"

"是的，和服、腰带都跟您说的一样。"

"旅客登记簿呢？"

店主递上登记簿，字好像故意被写得歪歪扭扭。

静冈县三岛市宫川町五十六号，井上富子，二十岁。

"她已经睡了吗？"

"是的。"

"那好，请你给我们带一下路，我们找她调查一些情况。"

"好，这边请！"

店主没有一点犹豫，亲自带着两名警官上了楼。两名警官脱下皮鞋，轻手轻脚地跟在店主后面，楼梯很宽，黑得发亮，他们踮起脚沿着楼梯朝二楼走去。

求　救

　　来到二楼的一个房间门前，三岛警官让店主敲门。

　　"打扰了。"

　　店主尽量像平时一样招呼着，轻轻拉开房门进了房间。突然，他"啊"地大叫一声。

　　"人不见了！瞧，看起来好像有人在被窝里睡觉，其实都是伪装的。"

　　两名警官连忙冲了进去，只见被子被弄得好像有人睡在里面的样子，还弄了个坐垫冒充脑袋，上面蒙着毛巾。绫子随身携带的东西一样都没留下。

店主立即叫来服务员询问，才知道这个房间的女客人对服务员说过，身体不太舒服想好好休息，明天中午之前都不要来打扰她。

"虽然这么说，但她实在也太能睡了，所以我还把门推开一条小缝看了两三次，每次都看见她脸朝着里面睡得很香，也就放心地走开了。没想到……"女服务员不好意思地解释道。

三岛警官立即来到玄关查看鞋箱，疑似伊志田绫子穿的鞋子已经不见了。

看来，不知是昨晚还是今天凌晨，伊志田绫子躲过店主和服务员的眼睛，神不知鬼不觉地逃走了。

警官们深感沮丧，又检查了附近的旅馆，都说没见过疑似伊志田绫子的年轻女子。既找不到她的下落，也找不到遗留的东西，调查已经进行不下去了。但是慎重起见，两人还是抱着一丝希望来到品川车站，向检票员打听是否见过疑似伊志田绫子的年轻女子上了一早的火车。检票员都说没见过这样的女子。

就这样，伊志田绫子巧妙地摆脱了警方的追捕，像一阵烟雾似的消失不见了。警视厅向全东京、东海道沿线的警署、派出所都发出了协查通知。但是三天过去了，没有任何消息。

伊志田绫子的照片被刊登在各大报纸上，人们看着照片简直不敢相信自己的眼睛，这么漂亮的年轻女子，竟然是系列凶杀案的凶手。

伊志田家的悲伤和焦虑达到了顶点。不仅接连失去了妻子和小女儿，杀人凶手居然还是自己的大女儿绫子，一想到绫子在某个不为人知的地方苦苦挣扎，躲避警方的搜查，一向强势的伊志田铁造已经近乎崩溃了。

七十八岁的老夫人在精神上遭到了沉重打击。她换上一身白衣，不分昼夜地待在佛堂里。她将佛龛的门打开，点亮了许多蜡烛，全神贯注地诵经、磕头。不管谁喊她，都像着魔似的头也不回。

伊志田一郎的伤口刚刚痊愈，就被人用麻醉剂弄昏了过去，此时身体十分虚弱，大多数时候精神恍惚，只能整天躺在床上。

但是，伊志田家的不幸并没就此结束。

就在伊志田绫子逃出尾张屋旅馆后的第三天晚上八点左右，伊志田先生书房的电话铃响了起来。

"伊志田先生，我非常了解你现在的心情。哈哈哈……你越这样愁眉苦脸我越高兴。现在，只差一步就可以完成我的计划了。我真正的目标是你啊，哈哈哈……你的不幸还没有结束，小心点吧。"

对方自顾自说着，不等伊志田铁造回答，就"啪"地挂断了电话。那声音极其嘶哑，听不出是男是女，是老还是年轻。

挂上电话，伊志田铁造简直要疯了。显然，电话是凶手打来的，而警方已把凶手锁定为自己的女儿绫子。啊，这到底是怎么回事？伊志田铁造开始觉得自己的脑子出了问题，怀疑根本就没有那通电话，而只是自己的幻觉。

但是很快，凶手在电话里说的居然变成了现实。

当天晚上九点半左右，铁造在正在浴室洗澡。虽然浴池已经做了彻底的清理，但那毕竟是妻子被杀的地方，只不过接二连三的打击下，根本顾不上另建浴室的事。

铁造泡在浴池里，两眼茫然地注视着窗外。院子里巡逻的寄宿生刚刚经过，应该不会有什么危险。虽然一再这样安慰自己，但铁造还是禁不住一直盯着窗外的黑暗。

就在这时，刚才经过的那个黑影又返回到窗外。

"怎么啦？"

铁造觉得奇怪。黑影已经走到窗前。浴室里的灯光穿过玻璃窗，把黑影的轮廓勾勒得越发清晰了。

"怎么回事，这家伙疯了吗？"

铁造又惊又怕。

那人身穿黑色长袍，带着黑色面罩，只露出两只眼睛，一步步逼近。眼看那人的鼻子几乎要碰到玻璃窗上了，黑色面罩下的两只眼睛凶光四射，一眨不眨地死死盯着铁造。

刚才电话里的家伙露面了！铁造马上想到，眼前这个家伙就是自己的女儿绫子吗？

父亲泡在浴池里，女儿蒙着脸从玻璃窗外窥视，这情景说不出的怪诞。

虽说很害怕，但铁造不确定自己该不该大声呼救。要是寄宿生恰好经过抓住凶手该有多好，可哪有那么凑巧的事。而且这个站在窗外的家伙冷血无情，一旦被惊动，说不定二话不说就会开枪。

"是绫子吗？"

铁造以一种自己都从来没听到过的声音问道。

对方沉默着，只有黑色面罩后的眼睛放着异样的光。

足足一分钟，两人就这么沉默地对视着。铁造不知道对方在想什么，只觉得自己已经虚脱了似的，使不出一点力气。终于，他再也忍受不了了，打算不顾一切地爬出浴池逃走。就在这时，窗外的家伙忽然笑了起来，那笑声极其嘶哑，既像嘲笑，又像怜悯，甚至让人感觉是在哭。就算面对的是自己的女儿，在这恐怖的笑声中，铁造依然禁不住浑身发抖。他突然大叫着救命，不顾一切地逃出浴室，赤身裸体地跑进了走廊。

寄宿生们闻声赶来，伊志田别墅内外一片骚乱，所有人都忙乱地奔走着搜寻那个黑衣人。但那家伙不知是逃走了，还是藏在了什么地方，总之一点踪迹都没发现。

次日一早，警视厅的中村警部接到报案，亲自部署，加强了伊志田别墅的警戒，但收效甚微，那家伙似乎可以在别墅内外随心所欲，总能在意想不到的时间、地点出现。

有一次，铁造要换衣服，打开衣橱，发现里面有一件黑色长袍。仔细一看，还有裹着黑色面罩的脑袋，露在外面的一双眼睛闪着异样的光，然后就听到了嘶哑诡异的笑声。

铁造没能抓住那个怪物。那家伙拿着手枪，一边发出嘶哑诡异的笑声，一边斜睨着呆若木鸡的铁造，不慌不忙地走出了房间。

一天夜里，铁造忽然听到某种奇怪的声音，赶紧睁大眼睛，不料从床下"嗖"地爬出一个黑影——正是那家伙，一边满是嘲弄地笑着，一边消失在了房门外。

还有一次，铁造发现书房门口的通风窗上趴着那个黑色的影子，正静静地俯视整个房间。

一郎实在无法忍受了，给还在医院的明智打了电话。

"先生，请帮帮我们吧。我们已经不知道怎么办好了。"

电话里的声音痛苦不堪，甚至有某种要发狂的先兆。

"那家伙又出现了吗？"

明智的声音依然十分冷静。他的伤已经基本好了。

"是的，先生您已经知道了？"

"嗯，是中村警部告诉我的。即便他不告诉我，我也一清二楚。那家伙也给我来过电话了。"

"什么？那家伙给先生打过电话？"

"是的，还是那种嘶哑低沉的声音。说什么他正在做最后的准备，马上就要大功告成了。"

"最后的准备？是指什么……"

"我想大概是要向一家之主的你的父亲铁造先生和你本人下手了吧。"

"嗯，应该是这样。先生，求您救救我和父亲吧。您什么时候能出院？"

"大概后天吧。然后马上去你那儿。"

"您是说后天吗？还要那么长时间。我觉得我们随时都有生命危险，恐怕连明天都活不到了。"

"警惕点，这两天一定要特别小心保护好自己。只要等我出院，你们就不必担心了。我一定亲手抓住凶手。这次绝不会出错。"

明智说得郑重其事。

"您是说……难道已经想到什么了？"

"嗯，是有点眉目了。"

"先生，我现在不知道应该高兴还是难过，因为凶手是谁已经是明摆着的了。"

"你对此一点也不怀疑？深信不疑？"

"如果可以，当然不希望那是事实。可证据确凿，不能不信。"

一郎非常伤感地叹了口气。

"我倒是还有一点其他想法。我不相信世上会有这样的事，一定是什么地方疏忽了或弄错了。我一定要找出那个盲点，将真凶绳之以法。啊，真想快些出院啊。"

"先生，听了您的话，我稍微轻松点了。不过，后天……在那之前我们能平安无事吗？"

"我想应该没关系。最近几次，那家伙只是出其不意地现出形迹，并没有加害你们的意思。我想他只是幸灾乐祸，看你们父子俩失魂落魄的笑话。"

"说起来的确如此，但谁也说不准那家伙什么时候就会痛下杀手。"

"所以，务必多加小心。除了寄宿生，警视厅也加派警官加强警戒了吧？"

"是的，可以说戒备森严。"

"你们父子俩都必须配备专人贴身保护，一分钟也不能落单。只有这样才能保证万无一失。如果我的判断没错，这两天不会出什么事。我可以保证。"

明智像是握有什么证据，对自己的判断信心十足，语气非常坚决。

这次通话实在有些奇怪。首先，像这么重要的事情，一郎竟然选择打电话，而不是当面说；明智竟也随口说出了自己的出院日期和一些想法，实在不像他平时的作风。但名侦探的一言一行都有自己的想法，这看似轻率的对话里，可能另有深意。

枯　井

第二天早上八点。

在伊志田铁造卧室门前的走廊里，一个男人正坐在扶手椅上打瞌睡。他就是中村警部安排的寄宿生。此时他像是累极了，睡得很沉。他是这天晚上值夜班的人，却像个醉汉似的鼾声如雷，实在有点奇怪。

楼梯上传来脚步声，跟他换班的寄宿生来了。

"喂，怎么回事，快醒醒，都八点了！"

酣睡的寄宿生终于睁开了眼睛。

"喂，快醒醒，值班怎么可以睡觉呢？昨晚一切正常吗？"

那名寄宿生睡眼惺忪地看着天花板，又被抓着肩膀摇晃了几下，才终于彻底清醒了过来。

"啊，天都亮了，我究竟是什么时候睡着的？奇怪……"

他好像说梦话似的自言自语。

"喂，没什么异常情况吧？伊志田先生房间里一切正常吗？"

"哎呀，奇怪，我的头疼得厉害。这是怎么回事？你进去看一下，我怎么觉得哪里不对劲儿。"

来换班的寄宿生觉得此事非同小可，也顾不上敲门，一把推开房门闯了进去。

"啊，床上没人！"

"什么？伊志田先生不在房间里？"

听到两人的声音，其他寄宿生和警官们都赶来了。大家分头去找，书房和其他可能的房间都找过了，连厕所和浴室都没放过，还是没找到伊志田铁造的影子。

这时，又有一个吓得脸色苍白的寄宿生跌跌撞撞地跑了过来。他原本是去通知一郎伊志田先生不见了，却发现在一郎房间外值班的人也沉沉睡着，推开房门一看，伊志田一郎也不见了。

偌大的伊志田别墅里，只剩下了年近八旬的老夫人。难道这老人也……大家急忙冲到老夫人的房间查看。好在老夫人房间外的值班人员没有睡着，那就表示老夫人应该暂时还没有危险。

虽然大家都想暂时瞒着她，但这场骚乱终究瞒不住，老夫人很快就知道了儿子和孙子失踪的事。她原本就已经疯疯癫癫的，此时非但没有痛哭出声，反而银发倒竖，眼睛里布满血丝，奔到佛堂里高声诵读起谁也听不懂的经文来。

大家又对别墅内外进行了一次地毯式的大搜查。因为之前是在空房间里发现的一郎，所以这次所有的房间都没有放过，圆塔里就更不用说了。院子里几乎是掘地三尺，恨不得每棵草都翻过来找了一遍，但不要说两人的影子，就连脚印之类的可以作为线索的东西都没找到。

直到昨晚十一点左右，铁造和一郎的房间都

还没有任何异常，在房门外值班的两个寄宿生也毫无倦意。而且两人确实曾经上床就寝，略显凌乱的床单就是证据。但是，谁也不知道他们后来去了哪里。

两个寄宿生对于十一点以后的情况就什么都不知道了。在那之前，女佣像平时一样给值班的寄宿生送来红茶。难道是茶里面放了麻醉剂之类的东西？

女佣自然被警方反复讯问。她在伊志田家已经好多年了，不可能是凶手的同伙。在红茶里下药的显然另有其人。看起来她确实什么都不知道，只是把茶端给寄宿生而已。

那么下药的究竟是谁呢？因为厨房一直都可以自由进出，所以这房子里的所有人都有嫌疑。排除其他女佣后，就只剩老夫人和寄宿生了。

老夫人年近八旬，行动不便，不管问她什么，都只管心无旁骛地念经，让人全然不得要领。寄宿生都是经过严格审查，精挑细选来参与警戒工作的，也不可能混入凶手。

伊志田铁造和伊志田一郎这对父子究竟是怎么离开，或者说被人带离房间的，更是让人百思不得其解。前后门都从内侧上了锁，在寄宿生和女佣们起床之前，家里没任何异常。如果说是从窗户离开的，一楼的一郎还有可能，但住在二楼的铁造要翻窗离开，根本无法想象。

两个人怎么可能就这么人间蒸发了。

在寄宿生喝下的红茶里下药的无疑就是凶手。但那家伙是怎么悄无声息地将两个大活人带离自己的房间的呢？更叫人不解的是，根据目前掌握的线索，那身黑色长袍下是一个二十出头的年轻女子。她绑架父亲和弟弟的目的何在？难道又要像对待母亲和妹妹一样痛下杀手？一想到这里，所有人都不禁毛骨悚然。

警官们又一次对别墅内外展开了大搜索，寄宿生们被分配在院子里搜索。突然，一个寄宿生表情怪异地站在那儿不动了。

"喂，怎么啦？"

"嘘，别出声。你听到什么了吗？好像有人……"

他们一起竖起耳朵仔细辨别，果然隐约听到仿佛远处传来的呼救声。

"听，有人在呼救。但究竟是从哪儿传来的呢？好像是很远的地方，难道是院外？"

"不，不是院外……我觉得声音来自地下。"

"什么？来自地下？"

两个寄宿生一边说着一边循声跑去。

"啊，你听，好像就在那里。"

其中一个寄宿生不知想到了什么，突然跑了起来，一直跑到院子一角茂密的灌木丛前。那里有一口枯井，井壁长满了青苔。寄宿生手扒井沿向里窥探。

"谁？谁在下面？"

从深深的井底传来声音。

"是我，我是一郎，快把我救出去！"

井底太暗，根本看不清楚，不过，确实是伊志田一郎的声音。

"啊，是一郎。等一下，我现在就去拿绳子来救你。别急。"

寄宿生大声答道，随即撒腿就往主屋跑。不一会儿，其他寄宿生也跟着一起回来了，手里拿着又粗又长的麻绳。

眼下最重要的，是尽快救出伊志田一郎。四个寄宿生七手八脚地忙活了足有二十分钟，才把还穿着睡衣的伊志田一郎从井底拉了上来。

井里已经没多少水了，顶多没到膝盖，空气也还算流通，但一郎却一副筋疲力尽的样子。他被寄宿生们抬回自己的房间，躺在床上休息了好一会儿，又喝了些水，才稍稍恢复了一点精神。

接到紧急通知的中村警部和三岛警官一行人也急匆匆地赶来了，他们一到伊志田别墅，立即来到一郎的房间。对于警方的讯问，一郎的回答大致如下：

"昨天晚上大概两点，我忽然醒来，发现枕边站着的就是那个一身黑衣的家伙。我大吃一惊，本能地想跳下床逃跑，谁知被那家伙一把抱住，鼻子和嘴上被捂上了一块大毛巾。尽管我极力挣扎，但很快就什么也不知道了。当我再醒来时，竟发现自己泡在水里。经过仔细查看，我发觉自己是在自家的那口枯井里，于是开始大声呼救。"

"就是说你一直是一个人？你知道你父亲的情况吗？"中村警部问道。

"什么？我父亲？他怎么了？"伊志田一郎脸色骤变，急忙问中村警部。

"你父亲也不见了。"

"什么？我父亲也……那他现在在哪儿？"

"还不清楚。我们已经找遍了所有可能的地方，还是没找到他。不过，你是从枯井里被救上来的，也许还有类似的地方遗漏了。我们会继续搜索，说不定他就在这别墅里的某个地方。"

"请务必继续搜索。但父亲会不会已经……"

一郎仿佛已经看到了父亲遇害的惨状，脸色惨白，不忍再说下去。

于是，在中村警部带来的警官们加入之后，新一轮的搜索工作展开了。大约半小时后，一名警官气喘吁吁地跑到一郎的房间向中村警部报告。

"怎么，找到伊志田先生了？"

中村警部不由得从椅子上站了起来。

"不，不是，我们找到了嫌犯。请马上来一下，是在走廊里发现那家伙的。"

地　道

　　中村警部听完部下的报告，总觉得有哪里不对劲儿。别墅内外已经搜查了好几遍，都没抓到凶手，怎么会这么轻易就落网了？这实在不合逻辑。但无论如何，事已至此，是一定要去看一下的。

　　房间里只剩下一郎一人。他睡得很沉，对中村警部和部下之间的谈话全然不知。虽说可以想见他此时一定非常疲惫，但睡得这么沉，还是有点不正常。难道凶手又在他身上玩弄了什么阴谋。

　　中村警部赶到现场一看，在老夫人房间附近的走廊里，一身黑衣的家伙被三名警官围在当中，正呆若木鸡地站在那里。

警官们慢慢缩小包围圈，嫌犯已经走投无路了，后背紧贴墙壁，直愣愣地看着他们。

中村警部和那名警官赶到后，警方一共有五个人了。即便再凶残狡猾，嫌犯也只能束手就擒了。警官们之所以没有立即扑上去实施抓捕，是因为提防对方开枪伤人。但众人却丝毫看不出那家伙有任何掏枪的迹象。

"都这么磨磨蹭蹭地干什么？快上去抓住他！"

中村警部一边斥责，一边身先士卒地冲了上去。警官们见状不再犹豫，一起大吼着扑了上去。但对方身手出乎意料的敏捷，只听"嘭"的一声，那家伙竟然在一众警官的眼皮子底下消失不见了。

原来嫌犯紧靠着的墙壁上有一个壁橱，嫌犯打开壁橱门钻了进去，又立即把门关上了。

警官们瞪大眼睛盯着壁橱，想不明白这家伙到底要干什么。钻到壁橱里岂不是成了瓮中之鳖？

警官们的第一反应是打开壁橱门，但似乎嫌犯在里面用什么东西把门给顶上了，怎么也打不开。

"撞门！"

中村警部一声令下，警官们一块儿使劲儿用身体撞击木门。只一下，壁橱门就在吱吱嘎嘎的声音中向里倒了下去。

"咦，怎么回事？壁橱里根本没人。"

一名警官突然大喊，其他警官闻言向壁橱里看去，顿时一个个目瞪口呆，面面相觑，一时间没了主意。

壁橱里放着许多杂物，十分凌乱，但就是不见人影。明明眼睁睁看着嫌犯钻了进去，怎么会凭空消失了？

"奇怪，到底怎么回事？"

一名警官似乎被吓到了，小声嘟哝着。

难道壁橱里有秘密通道？这栋别墅历史悠久，房间里还有秘密的窥视孔，如果说还有什么机关暗道，丝毫不会让人感到惊讶。

中村警部想到这里，迈步走进了壁橱，把壁板和底板都敲了一个遍。不一会儿，只见他面带笑容地走了出来。

"果然不出所料，壁橱里有暗道。快去把手电筒拿来。虽然不知道这条暗道通向哪里，但还是先下去搜索一下再说。"

一名警官递上手电筒，中村警部带上三岛警官钻进了壁橱。

壁橱一侧的角落里有一扇高约一米的暗门。

"那家伙逃走时惊慌失措。瞧，门都没关上。一定要小心对方狗急跳墙。我带着枪，应该可以应付。你就跟在我后面吧。"

中村警部把手电筒交给三岛警官，自己拿着枪走在前面。用手电筒照着一看，这是一条石砌的地下通道，非常狭窄低矮，看上去很有些年头了，地上有许多掉落的石块，到处长满了青苔，空气潮湿。

就像中村警部推断的那样，秘密通道多半是最初建造这栋别墅的外国人请人设计修建的，现在却被凶手用作藏身之所。现在看来，那家伙之所以能够出入自如，而且总能在被追到走投无路的时候莫名其妙地突然消失，都是因为这条秘密通道。

中村警部爬上冰冷的石阶，心情变得复杂起来。迄今为止，警方一直认定凶手是伊志田绫子，此时在这黑暗阴冷的地道中逃窜的，难道就是那位年轻美丽的小姐？他总觉得有点蹊跷。

中村警部和三岛警官借着手电筒的光线小心翼翼地前进，突然发现前方大约两米的地方，一个黑色的影子映入了手电筒的光圈。是那家伙！黑色的长袍拖在石板上，正弓着腰飞快地逃窜。

"站住！"

中村警部大声喝道。但对方充耳不闻，头也不回地向前冲去。

意　外

　　地道出乎意料的短，刚走了十多米，眼前突然开阔起来，俨然一个房间。中村警部站在这黑暗中的房间里，食指搭在手枪扳机上。三岛警官用手电筒四下照着。光圈里又出现了黑色的身影，这次面对着中村警部他们。可以看到黑色面罩里一双眼睛闪着异样的光，直勾勾地盯着他们。

　　"把手举起来！否则……"

　　中村警部见对方毫不在乎，先发制人，以惊人的气势大声吼道。

　　这时，意想不到的情况发生了。对方忽然哈

哈大笑起来。很显然是男人的声音，而且笑得极其畅快。

中村警部和三岛警官惊呆了，一时间不知如何是好。对方则不慌不忙地摘下面罩，脱下了黑色长袍。

出现在两人面前的会不会是伊志田绫子？或者是一个凶恶残暴的男人？不，都不是。站在两人面前的是一个一身西装的潇洒绅士。

"什么，你……"

"是我，明智。实在对不起，让你们受惊了。"

到底是怎么回事？难道黑衣人的真面目居然是明智小五郎？伊志田家接二连三的惨案都是……不，这怎么可能。可是，他为什么要这身打扮，把中村警部和三岛警官带到这里来呢？

中村警部完全搞不清状况。

"这到底是怎么回事？明智君，你不是还在住院吗？"

"是啊，要解释起来会比较复杂。但是我有一定要把你们带到这里来的充分理由。"

"那样的话为什么要搞得这么复杂，只要悄悄传个话不就行了。"

　　"不，不能让人知道我来过，必须让他们觉得我还在医院里。"

　　"那这身穿戴又是哪儿来的？不会是新做的吧？"

　　"这是我在地下通道入口处找到的。就像你现在已经知道的那样，这里是凶手的藏身之所，所有的秘密都在这里。这些东西自然也在这里，我只不过临时借用一下罢了。这起连续杀人案的最初，是伊志田一郎被刺。当时，我把凶手逼到刚才的走廊，对方竟然像阵烟似的消失了。事后，我在那附近做了彻底的搜查，找到了这条地下通道。对于凶手来说，这确实是最理想的藏身之所。建造这栋别墅的外国人不知出于什么原因，修建了这么一条地下通道。如果没有这条地下通道，不管凶手多么狡猾，都不可能像现在这样神出鬼没。"

　　"原来是这么回事。果然还是你技高一筹啊。"中村警部松了口气，可他还是有不明白的地方，"你刚才说不能让这家人知道，难道凶手的同伙就在这些人之中？"

"虽然还不能断定凶手到底有没有同伙，但我可以肯定，凶手本人就在这些人之中。"

"果然是伊志田绫子……"

"不，稍后我会说明。现在有更紧急的事要处理。"

"是什么事？"

"借我手电筒用一下。"

明智接过三岛警官递过来手电筒。

"瞧，就是那个。"

他拿着手电筒照亮了石壁，那里有一个只穿着一件衬衫的男人，手脚都被固定在石壁上，拉开呈一个"大"字，头无力地垂着。

明智跑上前去，用手电筒照着检查了一下，然后长出了一口气：

"不要紧，还没死。"

"他是谁？"

"他就是这家的主人伊志田铁造。"

没想到，他竟然是伊志田铁造。在手电筒微弱光线的映照下，只见他脸上显现出极其痛苦的表情，处于完全失神的状态。也许是大家说话的声音和手电筒光的缘故，铁造终于睁开了眼睛，脸上满是恐惧。嘴里被什么东西堵上了，说不出话来。

伊志田铁造被固定在墙上，离地足有一米，不借助梯子之类的东西根本没法把他救下来。三人分头寻找，幸亏附近有一个木箱。于是，他们把木箱搬到铁造跟前，又费了一番周折，终于将他救了下来，又取出了塞在嘴里的东西。

被三人救下后，铁造如一摊烂泥般瘫软在地，嘴里近乎无意识地喃喃着谁也听不明白的话，手指无力却倔强地指向对面。

明智把手电筒朝着他手指的方向照去。

"好像还有人！"

中村警部不禁惊呼。

女 人

石壁上的是一个年轻女子。跟伊志田铁造一样，她的嘴里塞着东西，手脚被铁链缚着，低垂着头，头发凌乱不堪，像死人一样一动不动。

三人异口同声地惊呼起来，连忙跑到那女子跟前，借着手电筒的光看向她的脸。

"果然不出所料，是绫子小姐。她应该从失踪那天开始就被关押在这里。"

明智十分镇静，这一切跟他的预料完全吻合。一旁的中村警部和三岛警官则早已目瞪口呆，半句话也说不出来。

特别是三岛警官，之前一直在追踪伊志田绫子，一直追到了品川车站附近的小旅馆，深信伊志田绫子从小旅馆逃脱后便一直行踪不明。然而伊志田绫子居然被绑在地下通道里的石壁上，他实在是难以置信。

三人又赶紧把伊志田绫子解救下来。她的情况更糟，已经奄奄一息。从她失踪那天起到现在，被关押在这里已经足足一个星期了。

虽然有很多话想问，但看起来父女二人都已经无力回答了。眼下最重要的，是尽快把他们救出去。中村警部命令三岛警官马上回去叫人来帮忙。三岛警官离开后，他忍不住问道：

"明智君，凶手这么做到底有什么目的？难道是想让这父女俩饿死在这里？"

"不，比起让他们饿死，凶手还有更可怕的想法。看，就是这个。"

明智径直走到一个角落，用手电筒照亮了垂挂在那里的直径足有一寸的铁管，铁管从洞顶一直通向地面。

"咦，是铁管吧？是用它输送煤气吗？"

"不，是远比煤气更为可怕的东西。"

"远比煤气更为可怕？那是什么？"

"我受伤前就已经发现了这个地下通道，并全面调查过。从那时起，这根铁管就在这里了，看起来像是新安装的。一开始我也以为是煤气管，经过调查才发现铁管那头连接着院子里洒水用的水管。水管只是夏天使用。现在，那里长满了野草，不仔细查找根本发现不了。"

"这么说，凶手是想淹死他们？"

"是的，这种杀人手段比煤气残酷得多。用这么细的管子里往这里灌水，水面会一点一点地慢慢上升，从脚到腰，再到胸口，水位逐渐升高，两人眼睁睁地看着死期临近，却什么也做不了。难道还有比这更残忍的吗？不仅如此，凶手还有更恶毒的想法。中村君，不知道你有没有注意到，伊志田绫子被缚的位置很低，脚尖几乎挨着地面。伊志田铁造的位置则高出许多，距离地面足有一米。这，难道是偶然吗？我刚刚才发现这一点，实在令人毛骨悚然。"

中村警部一时没有反应过来，满脸疑惑地看着明智。

明智继续他的推理。

"这是为了让伊志田铁造眼睁睁地看着自己的女儿被淹死，然后再死去。"

中村警部不由得倒吸了一口凉气。

"啊，这完全是魔鬼的妄想！伊志田家迄今发生的一连串凶杀案，都是为了折磨伊志田铁造，让他饱受家人一个个死去的精神折磨，最后，再让他目睹女儿的惨死。而后自己又不得不以同样的方式死去。在那之前，还有时间不断地在脑海中重演家人的种种不幸。这是多么可怕的想法啊，绝对不是正常人能想得出来的。"

"这些留待稍后再说。眼下最重要的，是尽快送他俩出去。"

两人说话间，三岛警官带着三名同事回来了，中村警部命令他们赶快把父女俩抬到外面。

伊志田铁造和伊志田绫子被抬到了客房，那里有两张并排的床，方便照料和保护。

明智似乎想起了什么，匆匆赶往老夫人的房间。

一推开门，便听到隔扇那边榻榻米房间传来的凄凉的念经声。这些日子里，老人一直坐在佛龛前专心致志地念经。明智穿过会客室，站在隔扇前观察了一会儿。随后，他轻轻地推开隔扇，窥视房间里的情况。

房间里有一个非常考究的佛龛，佛龛前摆着十几支点燃的蜡烛。老人身穿白衣坐在佛龛前，蠕动着早已没有牙齿的嘴巴念诵着经文。稀疏的头发好像很久没梳理过了，十分凌乱。苍白的脸上布满了刀刻般的皱纹，唯独目光格外锐利，甚至有些神经质。

明智默默地注视着房间内的情况，确认老人对刚才的骚乱一无所知，就决定不再打扰她，悄悄地关好隔扇，回到了走廊里。一个寄宿生恰好经过，明智招手让他过来，然后耳语了几句。

"你就在这里守着老夫人，我不希望刚才的事情传到她的耳朵里。如果她从这里出来，你就跟着，绝不能让她来客房。如果有什么新的情况务必立即通知我，记住了吗？"

见寄宿生点头会意，明智又急匆匆地朝走廊另一端的房间走去。那是一郎的房间。他轻轻推开房门，见一郎正在熟睡。虽然一郎一直睡得这么沉实在有些奇怪，但明智并没有叫醒他，就这么站在门口看了一会儿，关好房门返回了客房。

真　凶

　　一个小时后，父女俩似乎稍稍恢复了元气，能断断续续回答警官的提问了。

　　中村警部和明智坐在两人床边，问了一些关键的问题。

　　原来，伊志田绫子在荒川庄太郎遇害的当天，即她被认定离家出走之后，就被囚禁在了地下通道里。从那天起，就一直被绑着手脚，堵着嘴。昨天晚上，伊志田铁造也被带了下来。然后父女俩就被凶手绑在了石壁上。

　　被监禁的七天里，那个黑衣人每天都会分两次带一些面包和水来。只有在吃饭时,才会取出塞在她嘴里的东西,松开绑在手上的绳子。但那也仅够维持她基本的需求,而且还要时时刻刻担心自己究竟什么时候会遭遇不测,这种精神上的折磨实在让她身心交瘁。

伊志田铁造是昨晚被带入地下通道的,具体时间他根本不知道。等他醒来时,已经被绑在石壁上了。凶手很有可能在他喝的东西里放了麻醉药,待他失去知觉之后才动手。

幸运的是,他还不知道凶手想要淹死自己,所以并没有对此感到恐惧。但他看到了被绑在对面石壁上的女儿,虽然近在咫尺,却救不了她,这种痛苦自从他醒过来之后就一直折磨着他。

"一郎怎么样了?怎么没看到他?是不是也……"伊志田铁造不安地问道。

"不,一郎没事,放心吧。我这就去叫他过来。"明智说完就起身离开了房间。

三岛警官正在一郎房间门外,看到明智后,满脸困惑地说道:

"他还在睡。这是怎么回事？再累也不应该这样啊，是不是有什么问题？"

"不，不用担心，我把他叫起来。"

明智看起来并不在意，走到床边，猛地摇晃起一郎的肩膀。

"一郎，快起来，是我，是我啊。"

一郎终于睁开了惺忪的睡眼，他神情恍惚，看了看周围，看到明智后似乎大吃一惊，马上从床上爬了起来。

"这不是明智先生吗？什么时候来的？我睡得太熟了，实在对不起。今天是几号？先生不是还在住院吗？不是说明天出院吗？"

"提前了一天，今天早上出的院。因为我实在担心你。"

"什么？担心我？"

"你不是被扔在枯井里了吗？我住院期间，你们家发生了一连串不幸的事件。不过，好在你没受伤。怎么样，能起来吗？其实，我有好消息要告诉你，你听了一定会高兴的。"

"好，好，我这就起来。不过，您说的是什么好消息啊？"

也许是由于过度的疲劳，一郎苍白的脸上笑得十分勉强。

"你父亲平安回来了。"

"什么？爸爸他……"

"不光你父亲，你姐姐绫子小姐也回来了。"

一郎顾不上说话了，赶紧跳下床，发疯似的朝门外走廊跑去。

"哪里？他们在哪里？快让我去见他们！"

"别着急，他们都在客房。不过，他们都太虚弱了，需要好好休息。你跟他们见一面就马上回来，我们一起商量一下今后的对策。好，咱们一起去吧。"

一郎被明智扶着，跟跄着朝客房走去。身体似乎还非常虚弱，没走几步就气喘吁吁了。

父亲和儿子，姐姐和弟弟，紧紧地握着彼此手，沉浸在久别重逢的喜悦之中。为了不打扰两人休息，一郎只待了两三分钟，就被明智拽着回到了自己的房间。

等一郎的情绪平静下来，明智、中村警部决定在他的房间里，就昨晚发生的案件交换一下意见。

一郎坐在床上，明智和中村警部坐在床前的小桌旁，三岛警官还有其他几名警官站在他们后面。

首先，明智简单介绍了他发现地下通道以及救出伊志田父女的经过。一郎听着明智的讲述，脸色越来越难看，不停地诅咒凶手的罪恶行径。

"尽管他俩获救了，可这实在是令人发指的犯罪案件。除老祖母外，家庭成员相继遇害，我们却连凶手的影子都没抓到……"

明智看看中村警部，再看看一郎，开始陈述自己的意见。

"这次案件不能用常识来考虑，完全是疯子的执拗。凶手的所作所为已经超出了常人的想象，常规的侦破思路根本抓不住凶手的尾巴。凶手丧心病狂，从一开始就有非常周密的计划，并没有留下什么漏洞。

"比如，通过让我们把绫子小姐误认为凶手这件事，我们就可以窥见那家伙的疯狂想法。为了让我们相信原本完全不可能的事情，他制造出了各种各样的证据，连作为弟弟的一郎也认定绫子小姐就是凶手，更不用说警方了。能使有血缘关系的弟弟都这么认为绝非寻常，他几乎是过分地凑齐了让人无可辩驳的证据，又伪造了绫子小姐畏罪潜逃的假象。

"然而，我从一开始就没把绫子小姐视作凶手。一个年轻女子不可能先刺伤弟弟，又杀害继母和妹妹，这既不合逻辑也不合常理。其实，我是通过一件看似微不足道的小事识破了凶手的诡计，那就是刺鼻的香水味。

"一郎，你大概还记得吧，我曾把黑衣人逼到了空房间里，结果走投无路的凶手开枪打伤了我。当时，我闻到了一股浓浓的香水味。绫子小姐用的就是那种香水，这是大家都知道的事情。但作案的时候还要抹这么多香水，岂不是很奇怪吗？而且最初一郎你被刺伤的时候，我和凶手曾隔着布帘对峙，那时并没闻到香水味。那时凶手还没注意到这一点。但自从我那晚在塔楼发现绫子小姐用香水之后，凶手马上就利用了这一点。目的很明显，就是为了误导我们。"

"不过，明智君，绫子小姐在三楼塔顶窗前通过灯光信号跟外面的某个人秘密联络，这总该是事实吧，那不是你亲眼看到的吗？"

中村警部提出了一个关键问题。

"是的，那确实是绫子小姐，问题就出在这里。凶手得知绫子小姐这一非同寻常的举动后，便巧妙地加以利用。正因为是我亲眼所见，所以一开始我也对绫子小姐产生了怀疑。后来在我住院期间，那个叫荒川庄太郎的青年遇害，才让我明白了其中的关键。铁造先生也好，一郎也好，为什么没察觉到这一点？这太不可思议了。绫子小姐和荒川庄太郎是一对情投意合的恋人。

"于是，我在住院期间吩咐一个青年伪装成荒川庄太郎的好友，去拜访了他家，并且从他母亲手里得到了他的日记本。那里面十分详细地记载了他和绫子小姐恋情的始末。要说他的家人为什么没发现这件事，那是因为日记是用罗马字写的。

"从塔楼三层的房间可以看到荒川庄太郎的家，绫子小姐与荒川庄太郎的联络无非是约定见面时间。荒川庄太郎被杀当晚，正是来赴绫子小姐的约会。

"绫子小姐为什么要这么大费周章呢？那自然是因为她和荒川庄太郎的恋情不可能被铁造先生接受。荒川庄太郎出生于一个极其普通的工人家庭，试想，父亲一旦知道心爱的女儿与一个工人的儿子谈恋爱，结果会怎样？显然是行不通的。于是，这对在文学上有着共同爱好的青年恋人，就把传奇故事中的情节搬到了现实生活里。

"因此，枪杀荒川庄太郎的绝对不是绫子小姐。那天晚上，小林看见的那个塔楼窗口的白影也不是绫子小姐。狡猾的凶手伪装成绫子小姐，用灯光暗号诱骗荒川庄太郎来到塔楼前杀害了他。

"凶手虽然暂时成功地使绫子小姐成为嫌犯，但她随时都有可能道出实情。毕竟承认恋情总好过被人怀疑为杀人犯。于是，凶手又伪造了绫子小姐畏罪潜逃的假象，把她关进了地下通道。但她的恋人荒川庄太郎也有可能说出这个秘密，于是，凶手才决意杀人灭口。然后又伪装成绫子小姐，租车出逃，去服装店买旧服装，去品川车站附近的小旅馆投宿，一路上留下诸多线索。另一方面，荒川庄太郎的死使得案件更加扑朔迷离——完全不相干的年轻男子深夜在别墅院子里遇害。"

"原来如此，你的分析完全合情合理。谁也没想到那两人的恋爱关系。而你却是从一本日记里找到了证据。那本日记，过后请务必给我看看。"

接着，中村警部触及了案情的核心。

"看来，大家已经清楚伊志田绫子不是凶手。那么，真正的凶手到底是谁？明智君，你手里一定握有证据吧！"

明智习惯性地用手指梳理着额角的头发，微笑着答道：

"嗯，就像你说的那样，我已经掌握了确凿的证据，是在医院的病床上找到的。"

"什么？在病床上？"

中村警部和一郎都吃惊地看着明智。

"是的，我在病床上想出了找到证据的办法，然后让我的助手成功地找到了这些重要的证据。凶手开枪打伤我就是为了让我暂时离开伊志田家，趁我不在完成他的犯罪计划。而我在病床上重新梳理了整个案件，发现了其中的破绽。如果我没受伤，继续住在伊志田别墅，这对父女也许就不会被关进地下通道，但那样一来，我也就不会找到决定性的证据了。"

"这么说，你已经知道真正的凶手是谁了？"

"是的。"

"那我们为什么还在这里浪费时间？你知道凶手现在在哪儿吗？"

"当然，我自有安排，不必担心。"

"那我们现在就去实施抓捕吧。请给我们带路。我倒要看看凶手到底藏在哪儿，究竟是谁。"

中村警部兴奋得涨红了脸，但明智依然十分淡定。

"不用那么麻烦，凶手就在这别墅里。"

暗　星

"什么？凶手就在这别墅里？那你怎么还沉得住气？那家伙到底是谁？"

中村警部焦急地盯着明智。

"请少安毋躁。在指出凶手之前，我还要说明一下。否则，即便我说出来，大家也不会相信。"

明智一如既往地从容不迫。

"从已经发生的一连串案件不难看出，凶手的犯罪计划是将伊志田一家斩尽杀绝。但直到现在，凶手的计划还没有完成一半。伊志田铁造和伊志田绫子被救了出来；伊志田一郎虽然屡次遇险，但每次都能死里逃生。只有伊志田夫人和真理子小姐惨遭毒手。

"对于她们的死，我负有不可推卸的责任，因为我从一开始就参与了这件事。还有，我必须向委托我的一郎君致以诚挚的歉意。伊志田夫人被杀，是我住在这栋别墅时发生的。尽管后来受伤住进了医院，但我清楚这不能成为辩解的理由。还有真理子小姐的死，虽说是我住院期间发生的，但如果部署得当，也许是可以避免的。作为补偿，我必须抓到真凶。因此，住院期间，我一直在思考案情，终于找到了其中的破绽。"

明智冗长的开场白已经让在场的各位焦躁起来了。凶手是谁？究竟在哪里？大家急需答案。但明智偏偏抛开这些不谈，又说起了自己的推理过程。

"从头梳理这起案件就会发现，即便同样是伊志田家的成员，凶手的作案手段因人而异，各不相同。最明显的就是老夫人，至今还没受到任何伤害。虽说可能是因为她年事已高，凶手并没把她放在眼里。但只有她受到了特别对待，就好像她根本不是这个家庭的一员。与此相反，一郎你屡次涉险。最早被匕首刺伤的是你，被麻醉后扔在空房间的是你，被扔进枯井里的也是你。还有，你的照片被做了手脚，还接到过凶手的恐吓电话。可见，凶手最恨的就是你。绫子小姐尽管被怀疑是凶手，在案件中扮演了重要的角色，但真正被袭却只有一次。

"不过，你很幸运。不，应该说，凶手总是对你手下留情。比如把你麻醉后扔在空房间里。我对这种做法百思不得其解。如果真要杀你，当时岂不是易如反掌？难道凶手只是把你当作取乐的玩具？或者就让你那么死了太便宜你？"

明智说到这里停了下来，紧盯着伊志田一郎的脸。伊志田一郎面无表情，一声不吭。

"所谓侦探，就是要大胆怀疑那些按照常理根本不可能的事。就本案来说，我对凶手反常的犯罪手法很感兴趣，因此想要查个水落石出。

"我曾经看过一本美国推理小说，说的是一个非常狡猾的凶手，为了避免嫌疑，开枪把自己打成了重伤，还主动委托一位著名侦探来调查。也就是说，他利用人们思维的盲点。因为他深知，最危险的地方就是最安全的，与名侦探展开了智慧的较量。名侦探在很长一段时间里都被蒙在鼓里，但不管怎么说，在小说里，正义终究还是会战胜邪恶。于是在搭上几条人命之后，名侦探还是抓住了真凶。"

"请等一下，您这是什么意思？您说的那个凶手，怎么听起来跟我差不多……而且，最开始也是我委托您来调查案件的……"

一郎满脸惊愕，看着明智。

"是的，非常相似，不，根本就是一模一样。"

"什么？那……哈哈哈……您开什么玩笑？"

一郎终于生气了，十分激动。然而明智并不以为意，不慌不忙地又讲了另一个例子。

"曾经，某国天文学家想象天上有一种叫做暗星的天体。通常，星星要么本身发光，要么反射来自其他天体的光。所谓暗星，就是完全没有光的天体。宇宙中有许多这种肉眼看不见的天体，据说它们有时会接近地球。不，不仅仅是接近。由于暗星的体积很小，经常会被地球的引力吸引而撞击地球。这故事很恐怖。因为即便它接近地球，也根本看不见。夜晚眺望星空时，一想到这种暗星，简直让人不寒而栗。不管在宇宙中多么不起眼，一旦冲向地球，一定会遮天蔽日。我在梳理这起案件的过程中，突然想起了暗星的故事。凶手好像近在眼前，却总也抓不住，就像那完全不发光的暗星。所以，我给这次案件的凶手的代号就是暗星。"

"那，您说的暗星是谁呢？"

一郎似乎愈发焦躁不安起来，说话的调门越来越高，俊美的脸涨得通红。

"和你想的一样。"

"什么？我想的？"

"嗯，你应该最清楚，因为就是你啊。"

"什么？这么说，您当真认为我就是凶手？"

"你有什么不满吗？"

明智的语气没有丝毫改变。

狡　辩

　　"哈哈哈……先生您说什么啊？不是开玩笑吧。就算是开玩笑，这么无聊的玩笑，我就是辩解也无聊。

　　"您说我想杀自己的父亲和姐姐，还说我已经杀了自己的继母和妹妹，他们都是我的家人，继母虽说不是我的亲生母亲，可她那么善良，我怎么可能跟她有仇。我又不是疯子，为什么要干那样的蠢事？还是，先生觉得我是个杀人狂？

　　"退一步讲，即便我有杀人动机，但难道您忘了吗？我被刺伤的时候，您不是在电话里听到我与凶手搏斗的声音吗？您赶来照顾我时，凶手就躲在窗帘后面，然后在您眼皮底下逃走了。当时，我和凶手同时出现在先生面前，这一点不可否认吧？我又不会分身，怎么能做到那种事？还有凶手在院墙上的时候，我和大家都在真理子的房间。只要问一下那几个寄宿生就清楚了。"

一郎对明智的指控展开了全面的反驳，而且听起来证据十足，但明智丝毫不为所动。

"电话里的声音么，只要略施小计，根本不成问题。不过就像你说的，有几次你和凶手是同时出现的，一开始连我也骗过了。其实，你的用意你心里最清楚。不仅自己刺伤自己，甚至还主动委托我来办案。大概是因为你觉得还不保险，所以才让你的替身跟你一起出现。为了制造假象，你曾两次使用替身。根本就不会有人知道那副装扮之下的真身是什么人，所以谁也没有怀疑过。"

"哈哈哈……替身？真是绝妙的主意。我从哪儿能找到这样的替身呢？如果先生真的这么认为，就请出我的替身给大家看看吧。"

一郎看向明智的目光已经有些恶狠狠的了。

"遗憾的是，我已经无法把你的替身带到这里来了。因为，他已经被你杀害了。他就是荒川庄太郎。当你知道了荒川庄太郎和绫子的恋爱关系，便计划加以充分的利用。一方面将嫌疑引向绫子，另一方面胁迫荒川庄太郎做你的替身。当时，荒川庄太郎多半已经知道了伊志田别墅里发生了杀人事件，但他肯定没想到凶手就是你，还天真地相信你是受害者。你威胁他，如果不听你的命令，就把他和绫子的恋爱关系告诉你的父亲。于是他不得不稀里糊涂地充当了你的替身。当然，他根本不知道自己成了帮凶。

"这并非我的想象，是他的日记本提供了线索，虽然只是一两行字，却已经足够了。你处心积虑地谋划了这一切，却不知道荒川庄太郎竟然有这么一本日记，真是百密一疏啊。

"你毫不犹豫地杀了荒川庄太郎，小林当时看到的那个白影就是你。至于你为什么必须除掉荒川庄太郎，我想大概有两个原因。第一，你是想让大家认定绫子在塔上发出的信号跟凶案有关。因为如果荒川庄太郎说出实情，你的计划也就泡汤了。第二，你担心荒川庄太郎说出他曾经当过你的替身。你制造了他是被绫子杀害的假象，并把绫子囚禁在地下通道里，然后亲自上演了伊志田绫子畏罪潜逃的假戏。你本就身材苗条，长相俊美，再加上当时是深夜，一番化装之后，要瞒过陌生人的眼睛，不是什么难事。

"你男扮女装之后，为了故意引起别人的注意，先在品川车站附近的那家小旅馆登记住宿，然后伺机溜了出来，赶回家后躲进那个空房间，倒在地上假装失去了直觉，直到有人找到你。只要你说前一晚被人麻醉之后扔在了那里，不在场证据就成立了。

"你不但杀害了伊志田夫人和真理子小姐，还杀害了与你毫无瓜葛的荒川庄太郎。还有，你还开枪打伤了我。我知道你并不想杀死我，因为一旦失去了我这个对手，你的精心谋划就索然无味了。你只是想让我暂时离开一段时间，好趁机完成你的犯罪计划。等我出院后，就可以看我的笑话了。

"所以，你不时去医院打探我的想法。不仅如此，为了使我相信绫子小姐就是凶手，你还巧妙地编织了推理过程。在姐妹俩房间隔墙的窥视孔里设置机关的，毫无疑问也是你。只要趁她俩不在的时候，溜进任何一个房间都可以做到。然后，把自己亲手布置的机关当作你的发现大肆宣扬。

"就是在那时候，你得意扬扬地讲述你的推理过程的时候，我开始怀疑你才是本案真正的凶手。在那之前，我一直把你当成朋友。我把你放在凶手的立场上，从各个方面反复推理，最终得出结论——你就是真凶。

"我在医院设了一个小圈套，那是为了麻痹你。昨天，你打电话到医院来询问我的出院日期，我说两天后出院，在那之前无论如何你们都只能靠自己。但实际上，我提前一天回到了这里。你根本没想到，还以为马上就要大功告成了。我一回来就在你的红茶里放了安眠药，让寄宿生给你端去，让你多睡一会儿。以防你知道事情败露，趁乱逃跑。"

这时，传来敲门声，门开了，一个寄宿生进来说有客人求见明智。明智看了一眼来者的名片，对寄宿生吩咐道："让他们稍等一下。"然后就像赶他出去似的让寄宿生离开了房间。

一郎不失时机地对明智刚才的一番推理展开了反击：

"先生，您的推理十分精彩，可惜没有任何确凿的证据。除了那本日记，其他的不过都是您的想象罢了。就连那本日记也是文学青年荒川庄太郎写的。对他来说，现实和想象又有什么分别呢？不管那里面写了些什么，都不足为凭。

"还有，您始终没说明本案的真正动机。我又不是疯子，为什么要杀害自己的家人？如果您不能解释清楚这一点的话，其他方面的推理无论多么天衣无缝，都是站不住脚的。"

"这是你最后的底牌。被害人都是你的家人，所以你才能如此若无其事。但是，一郎君，你以为我没查清你的犯罪动机就会这么说吗？我劝你别太过低估计你的对手。"

"那么，请您说说我为什么要杀死我那可爱的亲妹妹？"

"因为，你不是伊志田真理子的哥哥。你既不是伊志田铁造的儿子，也不是伊志田绫子的弟弟。"

明智语出惊人。

坦 白

　　顿时，伊志田一郎脸色大变，面容扭曲，声音颤抖。

　　"什么？您说什么？我不是伊志田铁造的儿子？您到底想说什么？如果真是那样，爸爸和姐姐不可能不清楚。这难道是他们说的？"

　　"不，铁造先生和绫子小姐根本不清楚这情况。"

　　"什么？您是说他们都不清楚？哈哈哈……我不是伊志田铁造的儿子，而身为父亲的伊志田铁造却不清楚这一情况……哈哈哈……这太奇怪了吧？"

"那好，我现在就让你看看确凿的证据。"

明智径直走到门前，对走廊里的寄宿生吩咐道：

"把那个要求见我的人请到这里来。"

不一会儿，一男一女两个人跟在寄宿生后面进来了。男的三十四五岁，看起来像公司职员，跟在他后面的女人看起来比男人还要大十来岁，穿着十分朴素。

"这位是越野，是我的助手。这位夫人叫宫本清子，二十年前在本区近藤产科医院担任助产士。"明智向在座众人介绍过来人后继续说道，"我在住院期间发现了本案的重大疑点，于是委托越野收集相关资料。越野多方走访，出色地完成了任务。首先，他调查了伊志田一郎出生的医院。这件事很容易就查清了。伊志田铁造的前妻住进本区近藤产科医院后，生下了一郎。不，那不是伊志田一郎。那孩子现在不知道在哪儿。因为那家产科医院里三天前还有一名男婴降生。伊志田夫人生下的男孩被人跟这个孩子调了包。干出这种事的，就是站在这里的宫本清子。越野走访了许多地方才找到宫本清子，她已经供述了当时的详细经过。现在，为了证实我所言不假，就请她本人向大家再说一下当时的情况吧。宫本清子，那个被换作伊志田一郎的婴儿到底是谁的孩子？请你说给大家听听。"

宫本清子战战兢兢地站在门前，十分局促不安。

"二十年前，我做了一件很不光彩的事情，现在追悔莫及。当时我刚满二十岁，什么都不懂，被钱迷住了心窍……"

"那个拜托你这么做的人是……"

"哦，是濑下……濑下良一。他的妻子，正巧也在我们近藤产科医院生孩子。濑下良一说，如果把两个婴儿调包，他就会给我很多钱……"

宫本清子说到这里，房间里突然响起一阵歇斯底里的吼叫。

"别再说了！够了！不要再说下去了！接下来的请让我自己来说……我只实现了父亲一半的意志。不过，我已经尽力了……我认输……"

一郎站在床前，仿佛突然被抽干了所有的活力。

"我小看了明智小五郎。原以为这个秘密绝对不会被任何人知道，没想到……事到如今也没什么好隐瞒的了。从一开始我就没想过全身而退。很遗憾最后还是功亏一篑，但我已经尽了全力，想来地狱里的父亲应该会原谅我的。

"诸位，我是恶魔的儿子，是一个一心只想复仇的恶魔的儿子。濑下良一是我的生父，我的血管里流淌着他的血，我是作为复仇的种子来到这个世上的。

"我的父亲与一个女人结婚成了家，谁知那女人背叛了他，又跟伊志田铁造结了婚。那女人就是伊志田铁造的前妻。伊志田铁造不仅夺走了他的爱人，还夺走了他的事业和财产，让他沦落为沿街乞讨的乞丐。成为乞丐的父亲不得不站在仇敌伊志田铁造的门前，乞求他的同情和怜悯。除此之外，他实在没有任何办法了。但伊志田铁造居然当着那个女人的面把我父亲羞辱了一番。

"遭受奇耻大辱的父亲原想在伊志田家门前一死了之，但中烧的怒火最终将他变成了复仇的恶魔。如果只是杀死伊志田铁造，不足以解他的心头之恨，一定要让伊志田铁造饱尝十倍于自己的痛苦。父亲想办法弄到了一笔钱，用那笔钱娶妻生子。他的妻子，也就是我的生母，同样被伊志田家逼得家破人亡。就这样，伊志田铁造的两个仇人组成家庭，生下了我这个复仇的种子。

"父亲一直关注伊志田铁造的动向，所以很快就知道了那女人怀孕的事。也许是命运的安排，几乎与此同时，我的母亲也怀上了我。于是，父亲想出了一个复仇的计划，将母亲送进了那女人入住的医院，又重金收买了年轻的助产士，调包了两个婴儿。

"虽然我自幼在伊志田家长大，但父亲找到一个恶魔的女儿，想尽办法让她混入伊志田家当了女佣。她经常带我出门与父亲见面。我从父亲那儿得知了自己的身世，也学会了复仇的方法。

"就这样，我一天天长大，到了上学的年纪。在上学或放学的路上，总会见到父亲。我同情父亲，发誓为他报仇，即便粉身碎骨也心甘情愿。

可是，父亲没等到我为他报仇的那一天，在五年前去世了。临终前，他死死地握着我的手，要我发誓替他报仇。就在那个时候，他所有的执念都传给了我。

"此后的五年里，为了制定这个复仇计划，我常常彻夜难眠，直到自以为万无一失。没想到，自以为天衣无缝的计划，在明智小五郎面前却变得不堪一击。向明智小五郎发起挑战，本身就是自不量力，现在可以说一败涂地……

"现在我自知已经走投无路了，只想尽快去地狱与父亲重逢……"

一郎两眼通红，几近癫狂，突然扑到床上放声大哭起来。

"明智君，我实在不知道该说什么才好了。人心竟然可以扭曲至此。"中村警部叹了口气，把手搭在伊志田一郎的肩膀上，"好了，拿出勇气接受法律对你的制裁吧。那是你唯一的路，走吧。"

江户川乱步年谱

1894年　出生

本名平井太郎，10月21日出生于三重县名张市，为家中长子。父平井繁男，时任名贺郡官府书记员。母平井菊。

1897年　3岁

因父亲工作调动，举家搬迁至名古屋市。

1901年　7岁

4月，进入名古屋市白川寻常小学就读。

1903年　9岁

《大阪每日新闻》连载菊池幽芳的《秘密中的秘密》，母亲每晚都会念给他听，从此对侦探故事萌生了极大兴趣。

1905年　11岁

4月，进入市立第三高等小学。协助父亲采用胶版誊写版印刷和发行少年杂志。二年级时喜欢上了押川春浪的武侠冒险小说。

1907年　13岁

4月，升入爱知县立第五初级中学。读到黑岩泪香的《岩窟王》，印象特别深刻。

1908年　14岁

其父开设平井商店，主营进口机械的贸易销售，兼营外国保险代理和煤炭销售业务，并采购全套铅字，印刷和发行《中央少年》杂志。秋天，开始在学校附近租借宿舍，独立生活。

1910年　16岁

与要好同学坐船到中国的东北地区旅行。

1912年　18岁

3月，初中毕业。因喜欢出版事业，与同学到处奔走、筹备。6月，其父开设的平井商店破产倒闭。由于失去了学费来源，没有继续上高中。随父亲坐船到朝鲜马山，从事垦荒和测量工作。8月，只身赴东京勤工俭学，以优异成绩考入早稻田大学预备班，白天上学，晚上寄宿在东京都本乡汤岛天神町的云山印刷厂，逢休息日打工。12月，迁到春日町借宿，业余时间靠誊写挣钱。

1913年　19岁

春，与祖母在东京牛込喜久井町生活，重读黑岩泪香等著名作家写的侦探小说。曾计划印刷和发行《少年新闻报》。8月，预备班毕业，考入早稻田大学经济学专业学习。

1914年　20岁

春，与同学创办《白虹》杂志，利用业余时间阅读爱伦·坡、柯南·道尔等英国作家的短篇侦探小说。为了阅读侦探小说，辗转于各大图书馆，所做的笔记装订成册，称为《奇谈》。

1915年　21岁

其父回国供职于某保险公司，在牛込与全家一起生活。继续阅读外国侦探小说，并悉心研究"暗号通讯文书"的由来、规则和特点。

1916年　22岁

8月，毕业于早稻田大学经济学专业，入职大阪府贸易商加藤洋行。

1917年　23岁

5月，从加藤洋行辞职，在伊东温泉开始阅读谷崎润一郎的作品《金色之死》，执笔撰写电影评论文章。11月，入职三重县鸟羽造船厂电机部，参与内部杂志《日和》的编辑。

1918年　24岁

4月，其父再赴朝鲜工作。与鸟羽造船厂的同事组织"鸟羽故事会"，在各剧场、小学巡回。冬，在坂手村小学结识村上隆子。

1919年　25岁

辞职到东京。2月，与两个弟弟在东京本乡驹达町经营一家旧书店"三人书房"。7月，在书店二层编辑《东京PACK》杂志。11月，开设中华面馆。同年，与村上隆子成婚。

1920年　26岁

2月，入职东京市政府社会局。10月，关闭旧书店，入职大阪时事新报社，担任记者，经常与井上胜喜谈论侦探小说，开始撰写《两分铜币》。

1921年　27岁

3月，长子平井隆太郎诞生。4月，在东京担任日本工人俱乐部书记。

1922年　28岁

8月，辞职后回到大阪府外守口町的父亲家，与父亲一起生活。9月,《两分铜币》《一张收据》完稿,正式向某杂志社投稿,但未被采用。不久,改投《新青年》杂志,经审定采用。12月,入职大桥律师事务所。

1923年 29岁

4月,《两分铜币》在《新青年》刊载,小酒井不木博士长文推荐。7月,《一张收据》在《新青年》刊载,辞去大桥律师事务所工作,入职大阪每日新闻社广告部。

1924年 30岁

4月,关东大地震,全家迁回大阪。7月,在《新青年》发表《二废人》。10月,在《新青年》发表《双生儿》。11月底,离开大阪每日新闻社,成为职业作家。

1925年 31岁

1月,在《新青年》增刊发表《D坂杀人事件》,名侦探明智小五郎首次登场。到名古屋拜访小酒井不木。之后,到东京拜访森下雨村,结识《新青年》派作家。2月,在《新青年》发表《心理测试》。3月,在《新青年》发表《黑手》。4月,在《新青年》发表《红色房间》,与春日野绿、西田政治、横沟正史等作家发起创建"侦探兴趣协会"。5月,在《新青年》发表《幽灵》。7月,在《新青年》发表《白日梦》《戒指》。8月,在《新青年》增刊发表《天花板上的散步者》。9

月，在《新青年》发表《一人两角》，在《苦乐》发表《人间椅子》；其父逝世。10月，成立"新兴大众文艺作家协会"。

1926年　32岁

发表侦探小说《噩梦塔》（直译名《幽鬼之塔》）等多篇作品。12月，在《朝日新闻》上连载《畸心人》（直译名《侏儒法师》）。

1927年　33岁

3月，停笔，与妻平井隆子开设"宿舍租借有限公司"。不久，独自外出旅行，到日本海沿岸、千叶县沿岸等地；10月，到京都、名古屋等地；11月，与小酒井不木、国枝史郎、长谷川伸和土师清二等人创建大众文艺民间合作组织"耽绮社"。

1928年　34岁

3月，出售早稻田大学附近的宿舍。4月，买下东京户塚町源兵卫一七九号的房屋。同年，发表《丑角师》（直译名《地狱丑角师》）。

1929年　35岁

1月，在《新青年》发表《噩梦》。6月，发表处女随笔《恶魔王》（直译名《恐怖的魔王》）。8月，在《讲谈俱乐部》连载《蜘蛛男》。

1930年　36岁

5月，改造社出版《孤岛之鬼》。7月，在《讲谈俱乐部》连载《魔术师》。9月，在《国王》连载《黄金假面人》。10月，讲谈社出版《蜘蛛男》。

1931年　37岁

5月，平凡社出版《江户川乱步选集》13卷。同年，出版《迷重重》(直译名《钟塔的秘密》)、《暗黑星》和《邪与恶》(直译名《影男》)。

1932年　38岁

3月，停笔，带全家外出旅游，先后到过京都、奈良、近江等地。

1933年　39岁

1月，加入大槻宪二创建的"精神分析研究会"，每月出席例会，并为该会《精神分析杂志》撰稿。4月，长子平井隆太郎升入大阪府立第五初中学校。同年，好友山本直一辞去博物馆工作，担任江户川乱步的助手。12月，在《国王》连载《红蝎子》(直译名《红妖虫》)。

1934年　40岁

发表《恐吓信》(直译名《魔术师》)、《黑天使》和《不归路》(直译名《死亡十字路》)。

1935年　41岁

1月，平凡社陆续出版《江户川乱步杰作选》12卷。6月，春秋社出版《人形豹》。9月，编写《日本侦探小说杰作集》，由春秋社出版，并发表长篇评论文章。

1936年　42岁

1月，在《讲谈俱乐部》连载《绿衣人》；在《少年俱乐部》连载《怪盗二十面相》。5月，春秋社出版评论集《鬼的话》。12月，讲谈社出版《怪盗二十面相》。

1937年　43岁

1月，在《讲谈俱乐部》连载《噩梦塔》(直译名《幽鬼之塔》)，在《少年俱乐部》连载《少年侦探团》。战争爆发后，政府当局对于出版物的审查越来越严格，江户川乱步的所有小说被禁止出版发行，不得不停止撰写侦探小说。为了生活，江户川乱步借用别名为少年儿童撰写探险小说。后来，当局只允许江户川乱步撰写防谍反特小说，在杂志和报纸决定连载前，必须经过外交部、内务部、警视厅和宪兵机构的联合审查，达成一致意见后方可使用江户川乱步的名字刊登。由于公开抗议，被勒令停止写作，结果只写了一部小说。

1938年　44岁

1月，在《少年俱乐部》连载《妖怪博士》。3月，讲坛社出版《少年侦探团》。4月，新潮社出版《噩梦塔》。9月，新潮社出版《江户川乱步选集》10卷。

1939年　45岁

1月，在《讲谈俱乐部》连载《暗黑星》，在《少年俱乐部》连载《蒙面人》。2月，讲谈社出版《妖怪博士》。

1940年　46岁

2月，讲谈社出版《蒙面人》。7月，因心脏不适住院治疗。10月，与同人创立"大政翼赞会"。

1941年　47岁

7月，非凡阁出版《噩梦塔》。12月，任东京池袋丸山町防空会长。

1942年　48岁

任东京池袋北町会副会长，以"小松龙之介"的笔名连载《聪明的太郎》。

1943年　49岁

与著名作家井上良夫书信往来，交流对欧美侦探小说的看法。8月，开始连载科幻小说《伟大的梦》。11月，东京大学文学部在读的长子平井隆太郎被征召入伍，为其举行送别会。

1944年　50岁

出任行政监察随员助手，后在町会领导下开设军需品加工厂生产皮革制品。

1945年　51岁

4月，家属被疏散到福岛，自己则只身留在东京池袋，继续担任町会副会长。6月，因病被疏散到福岛。8月，在病床上听到裕仁天皇宣布无条件投降，平井隆太郎从土浦飞行队退役。11月，举家迁回池袋。

1946年　52岁

6月，倡议成立"侦探小说星期六研讨会"，每月开一次例会。

1947年　53岁

6月，"侦探小说星期六研讨会"更名"侦探作家俱乐部"，被选举为第一届主席。11月，到关西等地演讲，普及和推广侦探小说。没有新作问世，但旧作再版达31部。

1949年　55岁

1月，在《少年》连载《青铜怪人》。6月，再度当选侦探作家俱乐部会长。11月，光文社出版《青铜怪人》。

1950年 56岁

1月，在《少年》连载《虎牙》。3月，在《报知新闻》连载《断崖》，为战后首部短篇侦探小说。12月，光文社出版《虎牙》。

1951年 57岁

1月，在《趣味俱乐部》连载《恐怖的三角馆》，在《少年》连载《透明怪人》。5月，岩谷书店出版评论集《幻影城》。12月，光文社出版《透明怪人》。

1952年 58岁

1月，在《少年》连载《怪盗四十面相》。3月，评论集《幻影城》荣获侦探作家俱乐部授予的"第五届优秀侦探小说勋章"。7月，辞去侦探作家俱乐部会长一职，任名誉会长。12月，光文社出版《怪盗四十面相》。

1953年 59岁

1月，在《少年》连载《宇宙怪人》。12月，光文社出版《宇宙怪人》。

1954年 60岁

1月，在《少年》连载《塔上魔术师》。10月，日本侦探作家俱乐部、东京作家俱乐部和捕物作家俱乐部联合主办"江户川乱步六十大寿庆典"，会上正式设立"江户川乱步奖"。《别册宝石》第四十二期杂志作为

"江户川乱步六十周岁纪念特刊"，《侦探俱乐部》十二月号杂志也作为"乱步花甲纪念特刊"。著名作家中岛河太郎编纂和发行《江户川乱步花甲纪念文集》。11月，映阳堂出版《江户川乱步选集》10卷。12月，光文社出版《塔上魔术师》。

1955年　61岁

1月，在《趣味俱乐部》连载《影男》，在《少年》连载《海底魔术师》，在《少年俱乐部》连载《灰色巨人》。5月，举行首届"江户川乱步奖"颁奖仪式。11月，在三重县名张市举行"江户川乱步诞生地"树碑庆贺仪式。12月，光文社出版《海底魔术师》《灰色巨人》。

1956年　62岁

1月，在《少年》上连载《魔法博士》，在《少年俱乐部》上连载《黄金豹》。1月24日，"日本翻译家研究会"成立，出任研究会顾问。2月，出任"日本文艺家协会语言表述问题专业委员会"委员。4月，发表《英文翻译侦探小说短篇集》。8月，接任《宝石》杂志主编。11月，光文社出版《马戏团里的怪人》《魔法玩偶》。

1957年　63岁

1月，在《少年》连载《夜光人》，在《少年俱乐部》连载《奇面城的秘密》，在《少女俱乐部》连载《塔上魔术师》。12月，光文社出版《夜光人》《奇面城的秘密》《塔上魔术师》。

1959年　65岁

1月，在《少年》连载《假面具背后的恐怖王》。11月，桃源社出版《欺诈师与空气男》，光文社出版《假面具背后的恐怖王》。

1960年　66岁

1月，在《少年》连载《带电人M》。4月，出任东都书房《日本侦探推理小说大集成》编辑委员。

1961年　67岁

4月，成为文艺家协会名誉会员。7月，出席"江户川乱步从事侦探小说创作四十周年庆典"，桃源社出版《侦探小说四十年》。10月，桃源社出版《江户川乱步全集》18卷。11月3日，荣获日本政府颁发的"紫绶褒勋章"。

1963年　69岁

1月，"日本侦探作家俱乐部"升格为社团法人"日本推理作家协会"，被一致推选为第一届理事长。8月，再次当选，坚辞不受，亲自提名松本清张接任第二届理事长。

1965年　71岁

7月28日，突发脑出血逝世，戒名智胜院幻城乱步居士。获赠正五位勋三等瑞宝章。8月1日，在青山葬仪所举行日本推理作家协会葬，墓所位于多摩灵园。

译后记

　　我1981年8月考入宝钢翻译科从事翻译工作，1982年初开始从事日本文学翻译，1983年2月首次发表日本文学译作。四十余年来，我一直致力于中日民间文化交流，尤其是翻译了日本推理文学鼻祖江户川乱步的作品全集，由衷地感到欣慰和满足。

　　《江户川乱步全集》共46册，数百万言，历经数个寒暑才翻译完成。回首往事，第一天坐在桌案前写下第一行译文的情景仍历历在目。为了解江户川乱步的创作思想、创作背景和准确把握作品的神韵，除反复阅读其所有小说作品外，我还遍览《侦探推理文学四十年》《乱步公开的隐私》《幻影城主》《奇特的立意》和《海外侦探推理文学作家和作品》等乱步的随笔和评论集。并专程去了坐落在东京丰岛区池袋的江户川乱步故居考察，到日本国家图书馆查阅了有关江户川乱步的许多资料。

为了让更多的人了解江户川乱步，我在《新民晚报》先后发表了《江户川乱步，日本侦探推理文学的先驱》《日本的福尔摩斯》《江户川乱步的起步》《徜徉少年大侦探系列》《徜徉青年大侦探系列》，接受了腾讯视频、东方电视台、《上海翻译家报》、沪江网、日语界以及日本青森电视台、《东粤日报》、《朝日新闻》、《产经新闻》、《中日新闻》的相关采访。

鲁迅说："伟大的成绩和辛勤劳动是成正比的，有一分劳动就有一分收获。日积月累，从少到多，奇迹就可以创造出来。"我历经数年辛劳翻译的这版《江户川乱步全集》，2004年4月被乱步故里日本名张市政府收藏，2020年10月又被日本驻上海总领事馆收藏，并荣获国际亚太地区出版联合会

APPA翻译金奖，其中的"少年侦探团系列"荣获国家新闻出版总署优秀少儿图书三等奖。

江户川乱步可以说是日本推理文学的代名词，江户川乱步奖是推动日本推理文学作家辈出的巨大动力，《江户川乱步全集》是世界侦探推理文学的瑰宝。希望通过这套《江户川乱步全集》，可以让更多的读者共同享受推理文学的乐趣。

2021年元旦于上海虹桥东华美寓所